ぶらり平蔵

決定版⑱雲霧成敗

吉岡道夫

コスミック・時代文庫

本書は二〇一四年十一月に刊行された「ぶらり平蔵　雲霧成敗」を改訂した「決定版」です。

目次

序章　狂い者……7
第一章　箱根《はこね》越え……23
第二章　雲霧《くもきり》参上……53
第三章　噂《うわさ》が走る……65
第四章　隠れ宿……85
第五章　仁術か算術か……115
第六章　人は情けの下に棲《す》む……129
第七章　櫛巻《くしま》きお蝶《ちょう》……151
第八章　寝ずの番……169
第九章　女忍《にょにん》おもん……191
第十章　剣鬼……223
終章　雲霧殲《せん》滅《めつ》……241

「ぶらり平蔵」主な登場人物

神谷平蔵《かみやへいぞう》　旗本千八百石、神谷家の次男。医者にして鐘捲流《かねまき》の剣客。妻の篠《しの》を亡くし、浅草東本願寺裏の一軒家に開いた診療所にひとり暮らし。

由紀《ゆき》　田原町で［おかめ湯］を営む女将《おかみ》。平蔵の身のまわりの世話を焼く。

太一《たいち》　柳橋の夜鷹《よたか》の息子。凶刃に斃《たお》れた母に代わり、由紀が育てている。

矢部伝八郎《やべでんぱちろう》　平蔵の剣友。武家の寡婦《かふ》・育代《いくよ》と所帯を持ち小網町道場に暮らす。

笹倉新八《ささくらしんぱち》　元村上藩徒士《かち》目付。篠山検校《しのやまけんぎょう》屋敷の用心棒。念流《ねんりゅう》の遣《つか》い手。

柘植杏平《つげきょうへい》　異形の剣を遣う剣客。思いがけず平蔵と昵懇《じっこん》の間柄に。

斧田晋吾《おのだしんご》　北町奉行所定町廻り同心。スッポンの異名を持つ探索の腕利き。

おもん　公儀隠密の黒鍬者《くろくわもの》。料理屋［真砂《まさご》］の女中頭など、様々な顔をもつ。

小笹《こざさ》　おもんに仕える若き女忍。

小鹿小平太《おじかこへいた》　刈屋《かりや》藩浪人。妹を弄《もてあそ》んだ敵《かたき》を討ち果たして脱藩、おもんに拾われる。

おきん　本所横川沿いにあるおもんの隠れ宿の賄《まかな》い婦。

山本仁斎《やまもとじんさい》　平蔵の隣家に越してきた易者。大盗賊・雲霧仁左衛門《くもきりにざえもん》の仮の姿。

看取《かんど》りの伊三造《いさぞう》　仁左衛門の一の子分。錠前破りの名人。

お蝶《ちょう》　雲霧一味の小頭役。櫛《くし》巻きの姉御《あねご》。三味線と小唄の師匠。

松五郎《まつごろう》　坊主松と呼ばれる雲霧一味の小頭役。無類の女好き。

粂次《くめじ》　仁王の異名をもつ雲霧一味の小頭役。元駕籠《かご》かきの大男。

松永鎌之助《まつながかまのすけ》　実戦剣法・東軍《とうぐん》流を遣う剣客。雲霧一味の客分。

鏨《たがね》の三次郎《さんじろう》　雲霧一味の子分。

狢《むじな》の吾平《ごへい》　雲霧一味の子分。

歌川閑齋《うたがわかんさい》　平蔵の隣家の浮世絵師。暮らしのために枕絵に手を染めている。

序　章　狂い者

一

　軒端《のきば》に群がる雀《すずめ》が囀《さえず》る声が、のどかに聞こえてくる。

　神谷平蔵《かみやへいぞう》は雀の声を聞きながら、枕をかかえたまま、夜着をはね飛ばし、うつらうつらと朝寝をむさぼっていた。

　昨夜は田原町《たわらまち》で「おかめ湯」という湯屋を営んでいる寡婦《やもめ》の由紀《ゆき》が五つ半（午後九時）ごろにやってきて、明け方まで床をともにし、夜明けにひっそりと身支度して帰っていった。

　由紀は今年で二十七になる。

　由紀の父親は西国高槻藩《たかつきはん》の藩士だったが、藩内の権力抗争に巻き込まれて浪人したと聞いている。

父親は江戸に出てきてからは、妻と娘の由紀の三人で浅草三間町《あさくささんげんちょう》の長屋でつましく暮らしていたらしい。

母は由紀が十四のとき亡くなったが、由紀は年頃になっても、化粧ひとつせず、一人で髪を結い、家事万端をまめまめしくこなし、船宿の帳場ではたらいている父との二人暮らしをささえていた。

年頃になると、由紀はめきめきと女らしくなり、長屋の江戸小町と評判になった。

十八になったとき、［おかめ湯］の主人に見そめられ、嫁にほしいと望まれた。［おかめ湯］は四代もつづいている老舗《しにせ》で、主人は七つ年上だが人柄が優しかった。父は主人を気にいったらしいが、由紀は父を一人残して嫁《とつ》ぐ気にはなれないと断った。

しかし、その父が半年後に病死し、一人になった由紀はようやく［おかめ湯］に婚する気になった。

ところが、ようやく人並みの女のしあわせを得たと思ったのも束《つか》の間《ま》、嫁いだ翌年の冬、夫は風邪をこじらせ、呆気《あっけ》なく亡くなってしまったのである。

とはいえ［おかめ湯］には多くの常連客がいるし、数多《あまた》の奉公人がいる。

亡夫の親戚からは婿取《むこと》りの話がいくつも持ち込まれたが、由紀は耳を貸さず、一人で［おかめ湯］を営んでいくことにしたのである。

番台は由紀と伯母の松江《まつえ》の二人が交代で座ることになっていた。

由紀が平蔵のもとに来ているときは松江が［おかめ湯］を仕切ってくれている。

二

神谷家は三河譜代《みかわふだい》の直参《じきさん》旗本で、兄の忠利《ただとし》は公儀目付《めつけ》となって、禄高《ろくだか》も今や千八百石になっている。

次男の平蔵は幼いころからの竹馬《ちくば》の友である矢部伝八郎《やべでんぱちろう》とともに江戸五剣士の一人に数えられた鐘捲流《かねまきりゅう》の達人、佐治一竿斎《さじいっかんさい》の道場に通っていた。

十九のとき、伝八郎とともに師から免許皆伝《めんきょかいでん》を許され、佐治道場の竜虎《りゅうこ》と呼ばれるようになった。

むろん、養子の口は数多あったが、生来の臍曲《へそま》がりで、旗本家の養子になって、顔も知らぬ家つき娘を妻にし、裃《かみしも》を着ての城勤めは性にあわなかった。

家督を継いだ兄の忠利は極楽《ごくらく》とんぼな弟の平蔵とはまるでちがい、その生真面目な性格にふさわしく、旗本を監察するという重い役職についている。目付は若年寄《わかどしより》の支配下にあって、員数は十人で、旗本や御家人の理非曲直《りひきょくちょく》をただすのが仕事である。

むろんのこと、忠利は屋敷のなかでも口うるさく、極楽とんぼの平蔵の行状を日頃からにがにがしく思っているとみえ、何かにつけて咎《とが》めだてする。

亡くなった父はそんな次男の行く末を案じたのか、妻子のない叔父の神谷夕斎《せきさい》のもとに養子にだすよう遺言していたのである。

さすがに父の遺志には逆らえず、平蔵は叔父の養子となった。

神谷夕斎は東国で五万三千石を領する磐根《いわね》藩《はん》の藩医に招かれたため、やむをえず平蔵も養父とともに磐根藩におもむいた。

しかし、平蔵は医学にはとんと関心がなく、磐根城下の藤枝《ふじえだ》道場の仲間で、一つ年上の桑山佐十郎《くわやまさじゅうろう》と毎夜のように飲み歩いていた。

やがて、平蔵は磐根藩の次席家老、柴山外記《しばやまげき》の娘の希和《きわ》と恋におちた。

希和との初恋は若い平蔵の血をたぎらせ、いずれは妻にと思い定めていた。

しかし養父の夕斎は、これからはオランダ医学を学ばないと時勢におくれると藩に進言し、平蔵を長崎《ながさき》に留学させた。

平蔵は長崎におもむいたものの、オランダ医学を学ぶよりも、丸山遊郭《まるやまゆうかく》での遊学にどっぷりと首までつかる始末だった。

そんなとき、養父の夕斎が磐根藩のお家騒動にまきこまれ、不運にも刺客《せっかく》の刃《やいば》にかかって、斬殺《ざんさつ》されてしまったのである。

急遽《きゅうきょ》、磐根藩にもどった平蔵は養父の仇討《あだう》ちを果たした。

磐根藩からは、帰藩して藩医を継ぐようにと言われた。

しかし、養父の跡を継いで藩医になれば、侍と変わらぬ城勤めだ。それがいやだったため、平蔵は江戸にもどって町医者の道をえらんだのである。

町医者は藩医とはちがい、気随気儘《きずいきまま》なところが平蔵の性分にあっていた。

しかし、このころ江戸には一万人を越す町医者がいて、新米の医者の平蔵のもとを訪れてくる患者は少なかった。

兄の忠利は神谷の名を汚《けが》すような真似だけはするなと、うるさいことばかりいう。

ただ、嫂《あによめ》の幾乃《いくの》はそんな義弟の暮らしを案じ、なにかと気づかってくれている。

三

――その日の朝。

平蔵が床を離れ、寝間着のまま裏庭に出て井戸端にしゃがんで顔を洗っていると、表の通りで女の悲鳴が聞こえた。

また、どこかで夫婦喧嘩《げんか》でも始まったかと苦笑しながら、総楊枝《ふさようじ》で歯を磨いていると、男の殺気だった怒声が聞こえた。

「どけっ！　どけっ！　この女はおれの女房だぞ。焼いて食おうが、煮て食おうが、おれの勝手だっ！」

「やめてくださいっ！　わたくし、おまえさまにはつくづく愛想がつきました！　朝から晩まで酒浸りで、なにかというと手をあげて殴る蹴る……ひいっ！」

ひときわ鋭い女の悲鳴がした。

――あの声は明乃《あきの》だな！

平蔵は寝間着の裾《すそ》をからげて座敷に駆けあがると、床の間の刀架けに置いてあった愛刀の井上真改《いのうえしんかい》をつかみとり、土間に飛びおりて、裸足のまま表に駆けだしていった。

明乃は三日前に、通りの向こうにある蛇骨長屋《じゃこつながや》に越してきた女である。長屋の差配《さはい》から聞いたところによると、夫は浪人者で、夫から毎日のように殴る、蹴るの暴力をふるわれるのに耐えかねて、逃げ出してきたのだということだった。

どうやら、その亭主が、明乃の行方をつきとめて連れ戻しにきたものらしい。

表通りに飛び出してみると、抜き身の刀を手にした男が、明乃の髷《まげ》を鷲《わし》づかみにしていた。

男は明乃を引き倒し、顔のなかばまで埋まっている無精髭《ぶしょうひげ》から歯を剝《む》き出しながら、まわりを遠巻きにしている長屋の住人たちを睨《にら》みつけている。

「邪魔立てすると、どいつもこいつも容赦なく、たたっ斬《き》るぞっ！」

「なにさ！　酔いどれのくせして、えらそうに亭主面《づら》するんじゃないよっ」

「そうよ！　明乃さんに怪我でもさせてみなっ！　ただじゃおかないからねっ！」

日頃は、自分たちも負けず劣らず亭主ととっくみあいの大喧嘩をしている女たちまでが、擂《す》り粉木《こぎ》や出刃包丁《でばぼうちょう》をつかみ、明乃の味方をして、わめきたてている。

平蔵は野次馬の輪をおしのけて、前に出ていくと、髭男を一喝《いっかつ》した。

「よかろう。あんたの女房なら、煮るなと、焼くなと好きにするがいい。そのかわり、おれが、あんたをたたっ斬ってやる」

「な、なにぃ！」

「あいにく、おれは朝飯前の空きっ腹でむしゃくしゃしておるからな」

ずかずかと髭男に近づいていった。

「な、なんだ……こ、こいつは！」

髭男は寝間着姿の平蔵に面食らって、怒号した。

「き、きさま、いったい、何者だ！　ものぐるいか！」

「ふふ、そうよ。狂い者にものぐるい呼ばわりされちゃ、黙ってはおれんな」

寝間着の裾をからげて、ずかずかと歩み寄っていった。

「こ、こいつ！」

髭男は明乃を突きはなしざま、斬りつけてきたが、平蔵はすっと身を寄せると、髭男の鳩尾《みぞおち》に当て身を一発たたきこんだ。

「うっ……」

当て身をくらった髭男は途端にぐにゃりと躰をくの字に曲げると、そのまま、がくっと膝を折って、前のめりに崩れ落ち、「げえっ」と反吐《へど》を吐いた。

野次馬がどっと歓声をあげたが、明乃は茫然自失《ぼうぜんじしつ》したままだった。

平蔵は膝をかがめて、苦もなく髭男の手から刀をもぎとり、刀身を改めた。

「うむ。まんざらの鈍刀《なまくら》でもないようだ」

明乃をかえりみて、

「売ればそこそこの金にはなりそうだが、どうするね」

明乃は怯《おび》えきって、首を懸命に横に振ってみせた。

「ふうむ、なるほど、あんたは刀を見るのもいやか。……わからんでもない。狂人に刃物というからの」

平蔵は無造作に刀を手にしたまま、路傍《ろぼう》の道しるべの石柱に近づくと、刀をたたきつけた。

びしっと乾いた音とともに、刀身がまっぷたつになって、へし折れた。

そこへ顔見知りの斧田《おのだ》同心が、手の者をひきつれて駆けつけてきた。

四

——その日の昼時。

平蔵が時刻はずれの遅い朝飯を、沢庵《たくあん》をお菜《かず》にした茶漬けでかきこんでいると、斧田同心が小者をしたがえてもどってきた。

斧田晋吾《しんご》は北町奉行配下で腕ききの同心だが、ときおり息抜きに平蔵のもとを訪れてくる。

定町廻《じょうまちまわ》り同心は髷を小銀杏《こいちょう》に結いあげ、朱房《しゅぶさ》の十手《じって》を帯にさし、巻《ま》き羽織《ばおり》に雪駄履《せったば》きという小粋《こいき》な姿で、小者をしたがえて気さくに町のすみずみまで見回るのが日課になっている。

平蔵とは何度も修羅場《しゅらば》をくぐってきた間柄で、いくたびとなく死地におもむいた仲間でもある。

「よう、今ごろ朝飯か……」

「ちっ、なにをぬかしやがる。とんだ茶番のせいで、こっちは寝不足気味のうえに腹ぺこで、背中の皮が腹にくっつきそうだ」

「ふふふ、朝寝坊のもとは［おかめ湯］の女将《おかみ》のせいだろうが」

にやりとして、斧田はのこのこあがりこむと、鉢のなかの沢庵を一切れつまんでバリバリと嚙《か》みしめた。

「おい。さっきの狂い者はどうやらでっかいヤマに首をつっこんでいるようだぞ」

「ほう……何か吐いたのか」

「いや、やつはだんまりをきめこんでいるが、女房の話によると、やつは巾着《きんちゃく》に小判で十二、三両もの大金をもっていたらしい」

「ほう……あの、素寒貧《すかんぴん》の浪人がそんな大金をもっていたのか」

「そうよ。女房の着物や簞笥《たんす》を片っ端から持ち出して古着屋や古道具屋にたたき売っていた男が、小判を持っているだけでも臭いだろうが」

「臭い、臭い。ぷんぷん臭うな」

このところ、小判どころか、粒銀も手にしていない平蔵が、我が身にひきくらべて吐き捨てた。

「おい、あの髭はおおかた博奕《ばくち》か、でなきゃ、恐喝《かつあげ》か、どこかで強盗《たたき》でもやらかしたんだろうよ」

まともに町医者をやっていても、一分銀はおろか百文、二百文の薬代までとりっぱぐれている我が身をかえりみて、平蔵は語気を荒らげた。

「あれだけの器量よしの女房を粗末にあつかっていた狂い者など、いっそのこと吊るし首にしても飽き足りん」

「おいおい、貴公、やけにあの女の肩をもつところをみると、このところ懐中不《ふ》如意《によい》で荒れているようだな」

「ちっ！　なにをぬかしやがる。あんたらの取り締まりが手ぬるいから、狂い者がのさばるんだぞ」

「わかった、わかった。ま、そうカッカするな。こっちも懸命に取り締まっちゃいるんだが、なにせ手不足でな」

「甘い、甘い。こんな朝っぱらから表通りで刃物をふりまわされちゃ、町の者はたまったもんじゃないぞ」

「ううむ、まったくだ。辻番の男にもしっかり活をいれておいたよ」

「それで、きゃつはどうなった。もう、牢屋にぶちこんだか」

「そうは簡単にいかん。とどのつまりは夫婦喧嘩みたいなもんだからの」

「なにをいうか。町中で刀をふりまわすような夫婦喧嘩があるか」

平蔵の腹の虫はなかなかおさまらない。

「だいたいが、あんな素浪人が巾着に小判をしこたま持っておること自体がおかしいぞ」

「おお、それよ、それ……」

斧田は、ようやく自分の土俵に平蔵をひきこんで真顔になった。

「むろん、まともな金じゃないことはわかっておるからの。金の出所を聞きただしたが、ウンでもなきゃスンでもない」

「ははぁ、奉行所もなめられたものだな」

「なんせ、こっちが本腰いれて、青竹がササラになるまでひっぱたいても、どんぶらこに吊るしてみても吐かん」

「ふうむ……しぶといやつだな」

どんぶらこというのは、足首を縛りあげて逆さまに吊るし、水のはいった樽《たる》に頭から漬ける拷問《ごうもん》である。

したたかな下手人《げしゅにん》でも、四半刻（三十分）もどんぶらこで責められると、たいがい青菜に塩になって、白状してしまう厳しい拷問である。

「ひょっとしたら、あの金の出所は博奕や、恐喝なんてものじゃないかも知れん。だが、強盗ともなりゃ、とうにこっちの耳にもはいっているはずだ」

「ふうむ。しかし、どんぶらこ、とは八丁堀《はっちょうぼり》もなかなか味なことを考えたもんだ」

「そうよ。八丁堀の取り調べは、あんたが思っているような甘いもんじゃない」

斧田晋吾は、鋭い目つきになった。

「素寒貧の浪人が小判をごっそりかかえていたとなりゃ、こいつ、よほど大きな悪事に荷担していたにちげぇねぇ」

斧田もじりじりしていたらしく、巻き舌になった。

「荷担というと、つまり、あいつのうしろに大物がついているということか」

「おう、そうよ。下手《へた》に口をすべらすと、やつも、いつ、どこで、土手っ腹をぶすりとやられかねねぇってことだろうよ」

「ふうむ……」

「だからよ。あんたも、せいぜい、気をつけたがいいぜ」

斧田はひょいと沢庵をつまんで、口にほうりこむと、腰をあげて巻き羽織の背中を見せて出て行った。

五

間もなくして、蛇骨長屋の女房たちが、めずらしく手土産《てみやげ》を片手におしかけてきた。

「せんせい、見てたわよ。まるで千両役者みたいに格好よくて、あたし、ぞっこん、せんせいに惚《ほ》れちまったわ」

「ほんと、せんせいが寝間着のまんまで、のこのこ出てきたときは、どうなるのかしらんと心配しちゃったけどさ」

「だけど、あんなやつ、どうせなら、いっそのこと、せんせいがバッサリやっちまえばよかったんじゃない」

「いいじゃないのさぁ。刀もぬかずにやっつけちまうところが、また、たまんないじゃない。あたし、ちびりそうになったわよ」

はじめは苦笑いしながら、女房たちのおしゃべりにつきあっていた平蔵も、いい加減、うんざりしてきた。

「おい。おまえたち、ここは病人か怪我人が治療しにくるところだぞ。どこか具合でも悪いのか」

「あら、ま、そうそう、あたし、ここんとこ寝付きが悪くて、なに食べてもおいしくないのよね。もしかして恋患《こいわずら》いかしら……」

「なにが恋患いだ。それだけ口達者なら、心配いらん。亭主にたっぷりと可愛がってもらえばけろりと治る」

平蔵、手土産の串団子《くしだんご》と饅頭《まんじゆう》の包みをつかんで腰をあげた。

縁側にあぐらをかいて串団子をパクついていると、匂いを嗅《か》ぎつけたらしく蠅《はえ》がまつわりついてきた。

手で追い払っても一向にひるまない。うるさいから団子をひとつ、庭に投げてやったら、今度は軒端の雀がいっせいに団子めがけて舞いおりてきた。

その雀の群れを狙って、頭上に烏《からす》が輪をかきはじめた。

待合室では相変わらず、女房たちのおしゃべりがつづいている。げんなりするものの、この女房たちが得意先でもある平蔵としては蠅のように追い払うわけにもいかなかった。

――ま、いいか……。

差し入れの串団子に免じて、我慢することにした。

ふと、斧田が口にした悪事の大物とは何者かと、気になった。

たとえ、狂い者とはいえ、二本差しを仲間にとりいれようとしているからには、それなりの悪党にちがいないだろう。

ともあれ、またぞろ、面倒事に巻き込まれるのは勘弁してもらいたいものだ。

第一章　箱根《はこね》越え

一

青く晴れ渡った空には雲ひとつない。

皐月《さつき》晴《ば》れの澄みきった空を左と右にわけるかのように、富士《ふじ》の山がなだらかな陵線《りょうせん》を画《えが》いて聳《そび》えている。

山の頂きには万年雪が朝の陽ざしを浴びて白く耀いていた。

その富士の山裾《やますそ》にひろがる駿河《するが》湾《わん》に突き出した三保《みほ》の松原が、みずみずしい青葉を茂らせて、大空と、大地と、紺碧《こんぺき》の海を三つにわけている。

「ううむ。なんとも贅沢《ぜいたく》な景色だのう」

雲霧仁左衛門《くもきりにざえもん》は編笠の庇《ひさし》を掲げると、供の者に向かって感嘆の声をもらした。

雲霧仁左衛門は六尺（約百八十センチ）近い長身で、肩幅も広く、胸板も厚い。

着衣も黒紋付きの絹物で、袴《はかま》をつけ、腰には黒鞘《くろざや》の大小を差している。ともに草鞋《わらじ》履きだったが、見た目は、どこぞの大藩に仕える身分ある武士のようだった。供の者のほうの身なりは小商人《こあきんど》か素町人《すちようにん》のようである。

「さいですねぇ。ここは冬でも滅多に雪が積もるようなことはねぇそうですよ」

仁左衛門の供をしているのは、看取《かんど》りの伊三造《いさぞう》という男で、言葉遣《ことばづか》いには江戸訛《なま》りがあった。

伊三造は振り分け荷物を肩に背負い、腰には道中差《どうちゆうざ》しを差していたが、いかにも口の軽そうな男のようだ。

「おまけに駿河では蜜柑《みかん》も鈴なりに実るし、川じゃ鮎《あゆ》は捕れるわ、海に網をいれりゃ鰺《あじ》や鯛《たい》はもちろん、たまにゃ鯨《くじら》なんて化け物みてぇなのも網にかかるってぇから、まず食い物にゃ困らねぇでしょうねぇ」

「うむ。駿河の者が、ここから離れたがらないという気持ちが、ようわかる気がする」

仁左衛門はおおきくうなずいた。

「だから秀吉《ひでよし》が天下をとったとき、一番の功労者だった徳川家康《とくがわいえやす》が駿河の国を望んだにもかかわらず、箱根の向こうの関東の地におっぱらったのよ」

「へぇえ、そりゃまた、どうしてです」

「ふふふ、そのころの江戸は芦《あし》が生い茂る不毛の地でな。おまけに箱根の険《けわ》しい山道を越えないと都に向かうわけにはいかぬ」

「なんだって、また、そんな殺生《せっしょう》なことをしたんですかい」

「それはな、秀吉にとっちゃ、本音のところ家康が目障《めざわ》りだったからよ。いうならば、秀吉はもっとも警戒すべき家康という大名を、京の都から遠くはなれた関東におしこめたかったからよ」

「つまり、嫌がらせですかい」

「ま、そんなものだろうな」

「なんともケチな野郎ですねぇ。秀吉って野郎は……」

「あたりまえだ。用心深くなくては、天下なんぞ、とれっこないと相場は決まっている」

「へへへ、ま、商人もケチじゃねぇと、お店《たな》がもちませんからねぇ」

伊三造は煙管《キセル》をくわえた口をひんまげて吐き捨てた。

「そうともよ。秀吉は太っ腹で女好きだったそうだが、家康はきわめつけのケチで、おなじ女好きとはいいえ、女の好みはまるきり違っていたな」

「へぇ、ぽちゃぽちゃした丸顔の女とか、ほっそり、なよっとした女とかですかい」

「ふふふ、まぁな。秀吉は生まれた家が貧しかったゆえ、気位の高い美人の姫ばかりあさったが、家康は家柄や顔よりも、肉づきのいい女を好んだそうだ」

「あっしは顔よりも肉づきがよくて、床上手《とこじょうず》なおなごじゃねぇと手をつける気になりやせんからねぇ。いくらお面がよくったって、ガリガリに瘦《や》せた女じゃ、ちょいと抱く気になりませんねぇ」

「たしか、おまえは生娘《きむすめ》は苦手だったな」

「ええ、もう、生娘なんてぇのにつかまったひにゃ、人形を抱いてるみてえで、おもしろくもなんともありゃしませんよ」

仁左衛門は松林のなかにはいって、古木の松の太根に腰をおろし、煙管の火皿に煙草《タバコ》をつめた。

砂浜で漁師が十人ばかりで力をあわせて網を引いているのが見える。

ふたりはしばらく腰をおろして、漁師たちが網を引いているのを眺めた。

「いいすねぇ。漁師てぇのも……のんびりしてていいや」

「ばかをいえ。おまえに漁師なんぞ一日だってつとまるものか」

「へへへ……まぁ、ね」

「おまえは子供のとき、なんになりたいと思っていた」

「さいですねぇ……」

「侍か、それとも商人か」

「いえ、まぁ、侍なんて面倒くさいのは御免ですねぇ」

「そうよなぁ、おまえが腰に二本差したら、腰がふらついて歩くこともままならんだろうな」

「へへへへ、まぁね。頼まれても願いさげでさぁ」

二

仁左衛門と同じく、伊三造も背は高かったが、こちらは仁左衛門とくらべて細身だった。

「しかし、世の中は士農工商といって、武士はひとのてっぺんで、そっくりかえって威張っていられるんだぞ」

「いってぇ、だれがそんなことをきめたんですかい」

「きまっておろうが。侍がきめたのよ」

「ちっ……手前味噌《みそ》もいいところですね」

「そうよ。人間というのは手前味噌のかたまりみたいなものよ。秀吉が天下はとったものの、征夷大将軍《せいいたいしょうぐん》になれなかったのも、生まれが貧しい百姓の子だったからだ」

「へへえ、そういうからくりだったんですかい」

「家康は三河のちっぽけな城のあるじだったが、身分は歴《れき》とした侍だ。秀吉は家康に駿河をあたえたら、いつ、大軍を擁《よう》して反旗を翻《ひるがえ》し、大坂城にいる自分の首を狙いにくるかも知れぬと警戒していたのよ」

「へぇえ……太閤《たいこう》さんにも弱みがあったてぇことですかい」

「ああ、なにしろ、そのころの家康は太閤に次ぐ大大名だったからな。おまけに三河武士は太閤を陰では猿面冠者《さるめんかんじゃ》とあなどっておったから、太閤は、いつ家康が謀《む》反《ほん》を起こすかわからんと怯《おび》えていたんだろうよ」

「つまりは番頭が主人の後釜を狙ってたということですかね」

「ま、早くいや、そういうことだな」

「そいじゃ、さっさと目障りな番頭をやっつけちまえばいいじゃねぇですか」

「そうはいかぬところが、秀吉のつらいところよ。なにせ、ひそかに家康の肩をもつ大名が結構いたからな」

仁左衛門はにやりとした。

「盗人《ぬすっと》だろうが、侍だろうが、だれでも、てっぺんに座りたがるものだろうが」

「へぇえ、まぁ、ね」

「だから、秀吉は天下を取るのに最後まで邪魔者だった家康を箱根の山の向こうに追いはらったのよ」

「………」

「なにせ、そのころの関東は何もない荒涼たる場所だったからな。ま、家康にとっちゃ、はらわたが煮えくりかえるような思いだったろうよ」

仁左衛門の目が糸のように細く切れた。

「まぁ、おれが家康でも、今に見ていろという気になったろうさ」

「へへ、お頭《かしら》も生まれてくるのが、ちいっとばっかし、遅うござんしたね」

「よういうわ……」

仁左衛門はほろ苦い目になった。

三

雲霧仁左衛門は西国から京、浪速《なにわ》の一帯を股にかけて荒らしまわってきた盗賊一味の首領である。

大坂奉行所によると、その手下は三十人を超えるといわれていた。

仁左衛門はかつて越後《えちご》の新発田《しばた》で五万石を領する溝口《みぞぐち》氏に仕えていた山本仁助《やまもとにすけ》といい、扶持《ふち》は十七石という軽輩だった。

十七石といえば侍とはいえ、足軽に毛の生えたようなものである。

ただ、仁助は剣に天賦《てんぷ》の才があり、十九歳のとき長野無楽斎《ながのむらくさい》が創始した無楽流で、免許皆伝を許された。

長野無楽斎は上州箕輪《じょうしゅうみのわ》の武将、長野業正《なりまさ》の嫡男《ちゃくなん》だった。

のちに、長野一族は天下を統一しようとしていた武田信玄《たけだしんげん》の侵攻によって箕輪城を落とされ、出羽《でわ》の国に落ちのびることになる。

このころ無楽斎は田宮流《たみやりゅう》の創始者である田宮重正《しげただ》から流派を相伝され、ついで林崎夢想流《はやしざきむそうりゅう》を学んだという。

やがて、無楽斎は徳川家康配下の井伊直政《いいなおまさ》に仕官し、秀吉の小田原《おだわら》攻めや、関ヶ原《せきがはら》の戦いで戦功をたてた。

さらには家康の大坂城攻めにも参戦し、かずかずの武功をたてた。

家康が天下の覇者《はしゃ》となったあと、井伊家は譜代大名となったため、家臣の長野無楽斎も五百石の禄《ろく》をあたえられた。

しかし長野無楽斎は、生涯、妻帯はせずに、創始した無楽流を指南した。

無楽流では田宮流の流れを汲《く》んで長柄刀《ながえがたな》と呼ばれる、並の刀より柄《つか》が二寸（約六センチ）長い大刀をもちいており、これは攻防に利がある、きわめて実戦的な剣法といえた。

ただし、身の丈《たけ》にあわないと長柄刀は使いこなせない。

山本仁助は六尺近い長身で、かつ膂力《りょりょく》にもすぐれていたため、田宮流とおなじく長柄刀を片手で楽に使いこなした。

鞘は無骨な黒塗りで、柄糸《つかいと》も太くて黒い。

拵《こしら》えも地味なものだった。

仁助は真剣を抜くことは滅多になかったが、抜き打った剣の走りの速さは目を瞠《みは》るものがあった。

父の死後は跡目を継いで、勘定奉行配下で城勤めをしていたが、生来、算用は苦手だったため、もっぱら勘定方で帳付けの補佐をしていた。

上司の小頭と折り合いが悪く、酒席の満座のなかで、「剣術遣いなど勘定方では無用、無駄飯食らいの見本よ」と嘲笑《ちようしよう》された。

堪忍袋《かんにんぶくろ》の緒《お》が切れた山本仁助は、その小頭の帰途を待ち受け、一刀両断に斬《き》り捨てたのち、その足で脱藩してしまった。

しかし、武士は禄をはなれてしまうと、暮らしにつまる。

切羽《せつぱ》つまって、旅の侍や商人を斬り捨てては、懐中の紙入れを奪ったり、ヤクザ者の用心棒をして暮らしていた。

山本仁助は剣を頼りにするしか、ほかに生きるすべはなかったが、もはや仕官する道もなく、またその気もなかった。

この天下泰平の世で「はみだし者」の浪人の頼みの綱は腰の刀しかない。

そのうち仁助は一人働きの盗賊たちを集めて裕福な商家を狙うようになった。

最初に子分になった看取りの伊三造は目端《めはし》がきくうえ、仇名《あだな》のとおり狙う商家の間取りや人数はもとより、金蔵のなかの小判の多寡《たか》までぴたりとあてる。

看取りの仇名の由来は、その異才によるものだった。

　また、伊三造は蔵の錠前をあける名人で、どんな堅牢な土蔵の鍵でも苦もなくあけてしまう腕をもっていた。

　盗賊の仲間では、そういう才能がなによりも尊重されるし、頭目の仁助も伊三造をだれよりも頼りにしている。

四

　伊三造は山本仁助の剣術の腕と、気《き》っ風《ぷ》のよさに惚《ほ》れ込んで子分になった。

　そのころ西国の人びとのあいだでは、一味の頭目の素顔をだれも見たことがないということから、「まるで雲か、霧のようだ……」と噂《うわさ》するようになっていた。

　それを耳にした伊三造は、山本仁助では貫禄がないといって「雲霧」を名乗るように進言したのである。

　また、ついでに名前も、ただの仁助ではなく、仁左衛門に変えるようすすめたのである。

　以来、一味は侵入したのち、白壁や屋内の襖《ふすま》に筆で「雲霧参上」と墨痕《ぼっこん》鮮やかに書き残していくようになった。

いわば、役者が舞台からさがるとき、見得を切るようなものである。

伊三造はそうした世俗向きの知恵や弁舌にも長《た》けていたため、いまや雲霧一味にとっては、なくてはならない存在になっている。

仁左衛門は腰に河内守国助《かわちのかみくにすけ》が鍛《きた》えた大刀と、津《つ》田越前守助広《だえちぜんのかみすけひろ》の脇差しを帯びている。

伊三造は道中差しを腰にしているが、斬り合いは根っから苦手の口だった。

ただし、伊三造は腕っ節は弱いが、女にはすこぶる目のない男でもある。

一味の者が近隣に波風たてず、おとなしく暮らしていても、ひとつところに長居していればボロが出る。

また、ひとりがボロをだせば、数珠《じゆず》つなぎに仲間がお縄になるのは火を見るより明らかだった。

やはり潮目、潮目で稼ぎ場を変えるに越したことはない。

そういって伊三造は、頭目の仁左衛門に関東入りをすすめた。

仁左衛門も天下のお江戸を荒らすというのは、盗人冥利《みようり》につきると考えた。

しかも、江戸は将軍家のお膝元だけに、西の商人もつぎつぎに江戸に支店を出すようになっていた。

昔から金というものは、政治の意向次第で動くものと相場はきまっているからである。

安土桃山《あづちももやま》のころは京や大坂に天下の富が集まった。

富が集まるところには悪党も集まる。

かつて、大盗賊「石川五《いしかわご》右《え》衛門《もん》」が京、大坂、浪速を荒らしまわり、天下の耳目を集めた。

五右衛門は京の三条河原《さんじょうがわら》で、釜ゆでの刑に処されるとき、釜のなかから「浜の真砂《まさご》はつきるとも、世に盗人《ぬすびと》の種はつきまじ」という大見得を切ったと伝えられている。

後年、五右衛門を模して作られたという「楼門五三桐《さんもんごさんのきり》」という演目で芝居にまでなったほどの大盗賊である。

伊三造には、その五右衛門の向こうを張って、「雲霧仁左衛門」の名を天下にとどろかせたいという思いがある。

もともと仁左衛門も出自《しゅつじ》は武士ゆえ、盗人に身を落としたとはいえ、大盗賊として天下に名を馳《は》せたいという見栄があった。

いまは、徳川将軍が天下人である。

その幕府のお膝元の江戸で、役人どもをきりきり舞いさせてみたい。仁左衛門の胸に芝居の演目になるような大盗賊になってやろうという野望が、ふつふつと湧いてきたのである。

一味は伊三造の看取りにしたがって、用意周到に行動した。仁左衛門は一味のなかの小頭の坊主松《ぼうずまつ》と仁王《におう》に、それぞれ子分をつけて一足先に江戸へ送りこんだ。

同時に仁左衛門は、二人に一味の足場になるような隠れ宿をあちこちに確保させておいた。

五

伊三造は江戸の生まれだったが、父親は三つのときに亡くなってしまった。飲み屋の酌取《しやくと》り女をしていた母は、毎夜のように男を連れ込んでは組み敷かれ、朝帰りする男から銭を受け取っては、押し入れのなかにしまいこんでいた。

母はのびやかな肢体と、滑らかな肌をしていて、乳房も豊かな女だった。

伊三造は母親っ子だったから、母が男にいじめられているような気がした。

とはいえ、母が男からもらう銭が、食うためのものであることだけは子供の伊三造にもわかっていた。

長屋の女の子のなかには十五、六になると女衒《ぜげん》に買われ、泣く泣く長屋を出ていくものもいた。

女は銭で肌身を売り、男は銭をだして女の肌身を買うということもわかってきた。

伊三造は十三になると丁稚奉公《でっちぼうこう》に出されたが、朝から夜までこき使われ、何かというと番頭や手代に小言をいわれる。

十五歳のときに喧嘩《けんか》で人を刺し、店の金を猫ばばして大坂に逃げてきたものの、根が堅気《かたぎ》には向いていなかった。

寺や、神社の賽銭箱《さいせんばこ》の銭を盗んで、危うく御用になるところを、通りかかった仁左衛門に助けられたのである。

伊三造は腕力はあまりなかったが、口が達者で、何事にも器用なうえ、目端がきくところから仁左衛門の気にいられたのである。

伊三造はすらりとした長身の細身で、目鼻立ちもととのっているから、どこにいっても女にはもてた。

しかし、十六、七の娘は一度、身をまかせると、しつこく、いつまでもまつわりついてくるから始末が悪い。

それに小娘は抱いても、ただ身をまかせるだけで、おもしろくもない。

一度、大坂の商家ではたらいていたとき、三十路《みそじ》の女主人に茶屋に連れていかれて寝たことがある。

さほど美人ではなく、丸顔の下ぶくれした顔立ちの女だったが、一刻（二時間）ほどのあいだに伊三造は女体の甘美を堪能させられた。

女はお面じゃない。寝間でどれだけ男を有頂天《うちようてん》にさせてくれるかだ。

以来、伊三造は小娘には見向きもせず、年増《としま》女が好みになったのである。

もしかしたら伊三造は、無意識のうちに年増女に母の面影をかさねあわせていたのかも知れない。

それからの伊三造は、あとあとまで尾を引くような女にも敬遠して手をださなくなった。

六

伊三造は十五のときに江戸を離れているから、江戸の女とはついぞ縁がなかった。

江戸の女はおきゃんで、つんつんしているというが、そういう女にかぎって、寝間ではしおらしくなるものだ。

その伊三造が、鉈豆煙管《なたまめ》を斜《はす》にくわえながらにんまりした。

「今夜は江戸入りの前に、たっぷりと駿河のおなごを泣かせてみてぇや」

煙をふかせながら伊三造は、

「なにせ、おなごは嗅《か》いでみるより、するがよいといいやすからねぇ……」

と甲斐《かい》と駿河《するが》をひっかけた破礼句《ばれく》を口にした。

破礼句とは男女の色事を川柳《せんりゅう》にしたもので、庶民のあいだでもてはやされるようになった、俳句をもじった艶句《つやく》である。

「ふふ、ふ、おまえはおなごのことしか頭にないらしいな」

仁左衛門は苦笑した。

「へへへ、男はだれだって、そうじゃありやせんかい。この世は穴を出て、穴にはいるまで穴の世話になりっぱなし、おなごがいなきゃ、この世は闇でさぁ」

伊三造は、にんまりとうそぶいた。

「おなごだってそうでやしょう。あっしは根っからの色事好きは、おなごのほうだと思いやすぜ。なにせ、駿河の女は自前の饅頭《まんじゆう》持参で夜這《よば》いにきやすからねぇ」

「ふふふ、そういや、ゆうべの掛川宿《かけがわしゆく》の女中も好きものだったな。心付けに一分銀を握らせてやったら、夜中に寝間着姿で這いこんできやがった」

「そりゃそうでしょうよ。一分といや女中の三月分の手当ですぜ。すっぽんぽんになって裸踊りでもやりかねませんやね」

「それにしても、あの女、よほどの好きものらしい。たっぷり二度も堪能させてやったのに、起き抜けにもう一番と首っ玉にしがみついてきたわ」

「うっぷ、そりゃなんたって、お頭の如意棒《によいぼう》をかまされたら、どんなおなごでもめろめろになりまさぁ」

「ふふふ、なんの、おれの一物《いちもつ》なんぞ坊主松にくらべりゃ可愛いものよ」

伊三造の煙管から貰《もら》い火をして、ぷかりと煙をふかせた。

「なにせ、あやつに抱かれたおなごは腰が抜けるほど責め立てられ、厠《かわや》にも立てなくなるというからな」

「へへ、坊主の兄貴に抱かれた女は、さしずめ尻で書くのの字そこいらが白うるしってぇことになりやすね」

「しかし、女好きはいいが、いやがる女をちからずくで手込めにするやつは断じて許せぬ。強姦《つっこみ》と拐《かどわ》かしは雲霧一味の御法度《ごはっと》だ」

「へ、へい……」

「この御法度を破るやつがいたら、たとえ、だれであろうが、おれが成敗してくれる」

仁左衛門はじろりと伊三造を見やった。

「たとえ、おまえでも容赦はせんぞ」

「わ、わかりやした」

伊三造、思わず首をすくめた。

七

四半刻（三十分）後、二人は富士を背にし、駿河湾を一望する茶店に立ち寄ると名物の三色団子を茶うけに一服した。

さすがは茶どころだけに、番茶でもいいものを使っている。

仁左衛門は熱い茶をすすりながら、駿河湾から吹きよせる涼風に目を細めた。

そのあいだに伊三造は茶汲み女たちの赤い蹴出《けだ》しからちらつく、白い足や、帯の下からふくらんでいる尻の具合に目を走らせている。

「今夜の泊まりは興津《おきつ》になさいますかい。それとも蒲原《かんばら》まで足をのばしますか」

「そうよなぁ……まぁ、足の向くままにしようや。箱根の山を越えれば江戸は目と鼻の先だ。急ぐことはあるまいよ」

「けど、坊主松や仁王の兄貴、それに櫛巻《くしま》きの姐御《あねご》あたりも、お頭の江戸入りを首を長くして待っていやすぜ」

坊主松は妙珍《みようちん》という名で寺の小僧をしているうち、和尚《おしよう》の妾《めかけ》と通じて駆け落ちしたものの、間もなく飽きて妾を絞め殺し、金を奪って逃げてしまったという男である。

根っからの女好きで、一味になる前は盗みにはいった先々で、好みの女がいれば有無をいわさず、おさえこんで手込めにしてしまうという悪党だった。

今は雲霧一味の掟《おきて》を守り、金で始末がつく女を相手にしているようだが、いつ悪い虫が騒いで掟破りをするかわからない男である。

坊主松は女の顔などどうでもよく、むちりとした乳房と尻のでかい女が好みだった。

仁王の本名は粂次《くめじ》といい、かつては宿場で駕籠《かご》かきをしていただけに腕力も人並みはずれていて、坊主松とともに一味の小頭になっている。

櫛巻きの姐御というのは、お蝶《ちょう》という名の婀娜《あだ》っぽい年増で、大店《おおだな》の主人や番頭をたらしこんでは店の内情を聞き出すのが役目の女である。

「なんの、坊主松も仁王もひさしぶりの江戸入りだからな。今頃は羽をのばして手頃な女のところでのうのうとしていやがるだろうよ」

「あっしも早いとこ、生きのいい江戸女をしめてみてぇや」

「ふふふ、おまえは女をしめるつもりで女にしめられる口だろうが」

「へへへ、そんな蛸《たこ》みてえな女がいたら一度しめられてみてぇもんだ」

「いいか、伊三造。なんといっても、江戸の火盗改《かとうあらため》は天下御免の斬り捨てが御《ご》定法《じょうほう》の手荒い役職だ、なめてかかったら痛い目にあうぞ。ようく、おぼえておけ」

八

火盗改とは「火付盗賊改方《ひつけとうぞくあらためかた》」のことで、旗本の御先手組《おさきてぐみ》から選ばれた、いわば警察組織のことである。

町奉行所の役人が捕縛《ほばく》を任務とするのに対して、火盗改は――逆らえば、迷わず斬る――こともいとわない峻烈《しゅんれつ》なものだった。

捕らえた後の取り調べも過酷なもので、拷問《ごうもん》で気絶すれば、水をぶっかけても白状するまで責めたてる。

捕縛にあたっても火事場頭巾《かじばずきん》に草鞋履き、手甲脚絆《てっこうきゃはん》というものものしい装束だった。

「火盗改は旗本や御家人のなかでも腕ききの者を集めているそうだ」

仁左衛門の目が鋭く光った。

「やつらの探索は京や大坂のような手ぬるい役人とはちがい、江戸の御府内から外の藩領に逃げても追跡してくるという」

「へ、へい……」

「なにしろ、旗本のなかでも、五つ六つの遊び盛りのころから毎日のように道場に通って、みっしりと武芸を磨いてきた侍ばかりを集めたのが火盗改だ」

「………」

「うちの松永《まつなが》さんならともかく、度胸と腕力だけが売り物の坊主松や仁王なんぞが束になっても、とても敵《かな》う相手じゃないな」

松永鎌之助《かまのすけ》というのは、雲霧一味のなかでも屈指の剣客である。

無楽流の剣客でもある仁左衛門が惚れこんで一味の客分にしただけあって、大坂奉行所の捕り方に囲まれたときも、一人で血路を切り開いたほどの凄腕《すごうで》だった。

いまは病床の母親を看取《みと》るため大坂に残っているが、雲霧一味のなかでも別格のあつかいを受けているほどである。

「いいか、松永さんが戻ってくるまでは、まちがっても火盗改とはかかわりあわないようにすることだ」

「へ、へい……」

仁左衛門は厳しい目で伊三造を見すえながら、不敵な笑みを口元に浮かべた。

「おれは西では面《おもて》を見せなかったゆえ、雲か霧かと噂されたが、江戸では悠長《ゆうちょう》にかまえているわけにはいかぬ。ときには急ぎ働きもやむをえぬだろう」

「へ、へぇ……」

「さっさと荒稼ぎして、おさらばするつもりよ。ま、江戸で十万両も稼いだら、松永さんをはじめ、一味の者にそれぞれ退き金を渡してやって、足を洗うつもりだ」

「え、足を洗うとはどういうことです」

「この稼業は頭も使うが、なんといっても躰が勝負だからな。足腰が弱ればおしまいだ。お縄になって三尺高い磔柱《はりつけばしら》のうえで、さらし者になって、槍で突き殺されるなんぞ、ねがいさげだからのう」

仁左衛門はほろ苦い目になった。

「おれはな、伊三造。たんまり稼いだら、このあたりのどこぞに茅葺《かやぶ》きの田舎家でも買って、安気に暮らすつもりよ」

「お、お頭……」

「ふふふ、なぁに、おまえとは一蓮托生《いちれんたくしょう》のつもりでいる。おまえさえよければ、いっしょに連れていってやるから、ようく考えておくんだな」

「へ、へい……」

九

雲霧仁左衛門と看取りの伊三造は、翌朝早立ちをして富士川を渡ると、箱根の関所の手前で裏街道に入った。

雲霧仁左衛門の手配書が箱根の関所に届いていることは、先に江戸入りしていた手下の知らせでわかっていた。

高遠《たかとお》から甲斐《かい》府中《ふちゅう》をまわって甲州街道《こうしゅうかいどう》で江戸にはいる道もあるが、どの街道をとっても江戸入りには関所がある。

関所を避けるには厳しい山道を抜けなければならないが、二人とも若いころから山道には馴《な》れている。

箱根八里の隘路《あいろ》を平地を行くがごとく、汗ひとつかくこともなく辿《たど》っていった。

芦《あし》ノ湯《ゆ》まで一里（四キロ）、木賀《きが》まで一里半を休みなく歩きつづけて、底倉《そこくら》の近くまで来たときである。

ふいに藪《やぶ》のなかから三人の浪人者が現れ、行く手に立ち塞《ふさ》がった。

いずれも髭面《ひげづら》の屈強な浪人者だった。

「おう、おまえら、この裏街道を通るからにゃ後ろ暗いことがあるのだろうが」

「ふふふ、ここは裏関所だ」

「う、裏関所……」

「おう、関所切手を見せろとはいわねぇから安心しろい」

もう一人の浪人者がうそぶいた。

「身ぐるみ剥《は》ぐとはいわねぇが、どうやら見たところ、懐《ふところ》はあったかそうだ。一人頭五両で勘弁してやろう」

いうことも憎さげだが、脅しのコツも手馴れている。

「さっさと払わねぇと、ひとつしかねぇ命までなくすことになるぞ」

三人のなかの頭株らしい浪人者が、威嚇《いかく》するように刀を抜きはなった。

「な、なんだと！」

伊三造はへっぴり腰になりながら、犬の遠吠えみたいに臀《しり》さがりになってわめいた。

「て、てめぇら……おれたちをだれだと思ってやがんでぇ！　こ、このおひとはな」

「よせ、伊三造。こんなところでいきがってもはじまらぬ」

仁左衛門は薄笑いを浮かべると、伊三造を背後に押しやった。

「それにしても五両は高すぎる。もうすこしまからんか」

「なにぃ……」

「あいにく持ち合わせがないんでな。せめて十文、いや六文にまけてくれんか」

「ろ、六文……だと！」

「ああ、なにしろ、三途《さんず》の川の渡し賃ぐらいはとっておかんとな。あの世にもいけなくなるからのう」

仁左衛門は無造作に一文銭を六枚、路上に投げ捨てた。

「さ、くれてやるゆえ、拾うがいい」

「こ、この野郎！　ふざけやがって！」

「たたき斬って身ぐるみ剝いでしまえっ」

三人の浪人者は怒号とともに頭に血のぼせて、刀を抜きつれると、仁左衛門に斬りつけてきた。

一瞬、仁左右衛門の抜き打ちざまの一閃《いっせん》が、頭株の脇腹を斬り裂き、背骨まで断ち斬っていた。

血しぶきが噴出し、残った二人の浪人者の頭上に血の雨となって降りそそいだ。

仁左衛門は、悲鳴をあげ、腰がぬけそうになった二人の浪人者の一人を上段から真《ま》っ向微塵《こうみじん》に斬りおろした。

仁左衛門は、返す刃《やいば》で最後の一人の胴を斜めに断ち斬った。

血しぶきとともに灰色の腸《はらわた》がむくむくと生き物のように飛び出した。

「あわわわっ！」

伊三造は道中差しを手にしたものの、背後からへっぴり腰で見守っていた。

仁左衛門の斬撃《ざんげき》の凄《すさ》まじさに思わず腰が抜けた伊三造は、そのまま路上にへたりこんでしまった。

「どうした、伊三造……」

「お、お頭……」

「ふふ……小便でも漏らしたか」

「い、いいえ。その、お頭の刀がピカッと光った途端に、そ、その腰が……」

「だらしのないやつめ、腰が抜けたらおなごを可愛がることもできんぞ」

「へっ、い、いえ……で、でぇじょぶで、へい」

「しかし、さすがは河内守国助だ」

仁左衛門は愛刀の血糊《ちのり》を懐紙《かいし》で丁寧に拭《ぬぐ》いとると、満足そうにうなずいて刃を鞘におさめた。

「初めて遣ってみたが、刃こぼれひとつしておらぬわ」

一陣の涼風が箱根の山道を吹きぬけ、血の臭いを運びさっていった。

箱根の裏街道は旅人もすくなく、この斬撃を見ていた者はひとりとしていなかった。

頭上の青空には早くも血の臭いを嗅ぎつけたらしい鳶《とび》や烏《からす》が群がり、輪を描いていた。

半刻とたたぬうちに三つの屍体は骨だけになってしまうにちがいない。

第二章　雲霧《くもきり》参上

一

――その夜。

草木も眠るという丑三《うしみ》つ刻（午前二時頃）、三艘《そう》の茶船《ちゃぶね》に乗り込んだ二十数人の男たちが隅田川《すみだがわ》をすべるようにくだってきた。

茶船というのは、江戸湾内を往来する艀《はしけ》よりは大型で、帆も碇《いかり》もついている。

男たちは黒覆面《くろふくめん》で面体《めんてい》を隠し、黒衣《こくい》に身を包み、黒足袋《くろたび》に草鞋《わらじば》履きというものものしい装束だった。

しかも、かれらはいずれも長脇差《ながどす》を腰に帯びていた。

長脇差というのは町人が旅に出るときに用心のために用いる道中差しよりは長く、もっぱら博徒《ばくと》同士の喧嘩《けんか》に使われていた。

船には二本差しの浪人者が何人か乗りこんでいたが、吊り金具のついた銭箱を肩にかついでいる男も十数人はいた。

一団は今戸橋《いまどばし》の近くに船を舫《もや》うと、船頭を見張りに残し、橋際にある材木問屋［飛騨屋《ひだや》］の土塀に縄梯子《なわばしご》をかけて、つぎつぎに塀を乗り越えては侵入していった。

［飛騨屋］は江戸でも屈指の材木問屋で、寛永《かんえい》十六年（一六三九）に創業以来、今年で八十三年になる。

飛騨屋の主人は代々、伝兵衛《でんべえ》を名乗り、いまは五代目が跡を継いでいる。

飛騨や信濃《しなの》、甲斐の山地から切り出された材木は、筏《いかだ》に組まれて川をくだり、船で江戸に送りこまれてくる。

俗に火事と喧嘩は江戸の華《はな》といわれているように、江戸の町は春夏秋冬を通して火事の絶え間がなかった。

この享保《きょうほう》六年（一七二一）には、一月から三月までの冬場に武家屋敷、寺社、町家を問わず、火事で焼き払われてしまった軒数は四万千三百余にも達した。

そのため富商は、大事な家宝や小判などは火に強い白壁の土蔵や金蔵に収納していた。

幕府は定火消し、大名は大名火消しをかかえ、町火消しは風上二町、風脇左右二町から一町につき三十人の火消しが駆けつけて、消火にあたるようになっていた。

　この時代、消火といっても、これといって火を消す道具があるわけではない。鳶《とび》の者が火元のまわりの家々を鳶口と掛《か》け矢《や》で打ち壊しては、空き地を作って火事の延焼を防ぐしかなかったのである。

　年中火事に見舞われる江戸の長屋は俗にトントン葺《ぶ》きといって、屋根も壁も板張りになっている。

　こうした安普請《やすぶしん》は焼けるのも早いが、建て直すのも簡単だから長屋はほとんどがトントン葺きの板屋根だった。

　火の粉が板屋根に舞い落ちると、たちまち長屋が丸焼けになってしまうようにできている。

　そのため、空っ風が吹き荒れる冬場には火事で家をなくした人びとは、布団を頭からかぶって、赤子を背負い、ひたすら逃げまわるしかない。

　江戸の職人のなかでも、大工と屋根葺きの職人の日当が高いのは、江戸の町にはトントン葺きの長屋が多く、おまけに火事が多いからでもあった。

　浅草の今戸橋近くに店をかまえている材木問屋の飛驒屋では諸国から送りこま

れてくる材木はすべて筏に組んで、［囲い］とよばれる江戸湾内の貯木場に浮かべておくことにしている。

水につけておくと、材木がひび割れしないし、近火があっても安全だからだ。大工から注文が入ると材木を［囲い］から引き上げ、軒端《のきば》に立てかけて、乾かしてから売り渡すようにしている。

この年は火事が例年になく多かったため、材木は飛ぶように売れた。おかげで飛騨屋の蔵には小判や銀貨、銅銭が詰まった木箱が山積みにされていた。

むろんのこと、その金は買いつけた材木の支払いにあてるためのものだ。いまや飛騨屋は江戸でも指折りの豪商に数えられ、その富は数万両にのぼるだろうといわれている。

二

飛騨屋伝兵衛は今年、五十四歳になるが、三年前に妻を亡くし、昨年、普請奉行の親戚の娘で二十六歳になる民江《たみえ》を妻に迎えたばかりであった。

民江は十九のときに家具屋に嫁《とつ》いだものの、子が産まれないまま昨年の春、夫に先立たれて生家にもどった。

もう年増《としま》とはいえ、まだ女盛りだった民江の美貌《びぼう》に惚《ほ》れこんだ飛騨屋伝兵衛から是非にと望まれて再婚したのである。

民江は生来の色白で、女盛りの脂《あぶら》がみしりとのった四肢をしている。

今夜も伝兵衛は民江の肌身を存分に賞味したあと、その豊満な乳房に顔をうずめたまま熟睡してしまった。

民江の前夫は房事には恬淡《てんたん》だったが、伝兵衛は五十四の初老とは思えぬたくましさで民江を愛撫してやまなかった。

民江は伝兵衛と婚して、はじめて房事の歓びをおぼえた。

その夜も四半刻（三十分）あまりも伝兵衛に抱かれたあと、民江は心地よいけだるさに身をゆだねていた。

しばし、まどろみかけたものの尿意をおぼえ、伝兵衛の眠りをさまさぬように身をはずすと、寝間着の紐《ひも》を締め直し、厠《かわや》に向かった。

民江が用を足して腰をあげたとき、厠の格子窓の向こうに何人もの人影がちらつくのが見えた。

不審を覚えて、こわごわ外の闇に目をこらしてみると、裏庭の奥にある白壁塗りの金蔵の扉があいているのが見えた。

しかも、扉の裏には筆で「雲霧参上」と大書された紙が貼り付けられている。

民江は思わず厠のなかにへたりこみそうになった。

――く、くもきり……！

上方《かみがた》で跳梁《ちょうりょう》していた雲霧仁左衛門の悪名は江戸でも噂《うわさ》になっていた。

民江は廊下に這い出し、四つん這いになって寝間にもどると、恐怖におののきつつ声をしぼりだした。

「お、おまえさま……」

その悲鳴に目をさました伝兵衛が半身を起こした。

「な、なんだ。どうしたんだね……」

伝兵衛が声をかけたとき、廊下から黒装束に身を包んだ数人の男が草鞋履きのまま、素早く室内に踏み込んできた。

そのなかで、ひときわ屈強な躰つきをした坊主頭の男が、寝間着の裾《すそ》をあられもなくひらいて、部屋の隅でおののいている民江の腰を鷲《わし》づかみにして肩にかつぎあげた。

「声をだすんじゃねぇぜ。女将《おかみ》さんよ」

坊主頭は民江の両膝を束ねてかつぎあげたまま、ぴしゃぴしゃと民江の臀《しり》を片手でたたいて威嚇《いかく》した。

「なぁに、おとなしくしてりゃ、怪我ひとつさせやしねぇよ」

この坊主頭の本名は松五郎《まつごろう》だが、雲霧一味のなかでは坊主松と呼ばれ、ことに女には目のない好き者だった。

日頃から抜かずに三度が自慢で、一度、女を抱いたらたてつづけに気がすむまで放さないという女泣かせの男である。

鼻柱は太く、唇も分厚く、毛虫眉毛の下におおきなぎょろ目が光っていた。

坊主松は、民江をどさっと布団に投げ出した。

民江の寝間着は股ぐらまでめくれあがってしまい、白い内股の奥の院のくろぐろとした陰毛が、枕行灯《まくらあんどん》の淡い火影《ほかげ》にゆらいで見える。

「おお、こいつは、また、うまそうな毛饅頭《けまんじゆう》だのう……」

坊主の松五郎は舌なめずりして目を細めると、民江の白い太腿を左右におしひらいた。

「お、おまえさま……」

民江は懸命に亭主のほうに手をのばして逃れようとしたが、坊主松は民江の足首をつかんで引きずりよせると、苦もなく仰向けにさせた。

坊主松は民江の腰のうえにどっかと跨《また》がると、顔を伏せて豊満な乳房に顔をうずめながら乳首を吸いつけつつ、無造作に寝間着を引きむしった。

行灯の火影に、民江の白い乳房がこんもりともりあがって見える。

その乳房をやわやわと掌《てのひら》でもみあげていた坊主松は、やがて赤い腰巻きを左右におしひらくと、ふしくれだった太い指を民江の秘所にもぐりこませた。

「おお、おお……こいつは、ほどようぬくもった露《つゆ》だくの湯ぼぼだ」

舌なめずりした坊主松は指先で民江の秘所を探っていたが、やがて如意棒《にょいぼう》のような太い一物《いちもつ》を褌《ふんどし》からつかみだすと、強引に民江の股間にねじこんだ。

民江は懸命に腰をよじってこばもうとしたが、やがて観念の眼をとじた。

そのあいだに一人の手下が筆硯《ひっけん》の筆で襖《ふすま》に［雲霧参上］と書きなぐった。

「く、く、雲霧！……」

それを見るなり伝兵衛は悲痛な呻《うめ》き声をもらし、廊下にへたりこんでしまった。

京大坂から浪速にかけて雲霧仁左衛門という大盗賊が出没して荒らし回ってい

るという噂は、かねてから伝兵衛も聞いていた。

首領の雲霧仁左衛門は侍あがりで、数十人の手下をひきいているという。

恐怖で身がすくみ、伝兵衛は身じろぎひとつできなかった。

そのころ、飛騨屋に住み込んでいる手代や小僧たちは手首と足首を縛られ、口には猿ぐつわをかけられ、身動きひとつできなくなっていた。

また、女中部屋にいた四人の女中のうち一人は飯炊《めした》きの五十婆さんだったが、三人のうち一人は三十路《みそじ》の年増で、あとの二人は二十一と十七の娘盛りである。

一味の盗賊は飯炊きの婆さんをのぞいた三人の女中たちを、入れ替わり立ち替わり、容赦なく犯しつづけた。

女中の一人が逃げだそうとしたが、土間の出口でつかまり、そのまま土間に押し倒されてしまった。

この日、飛騨屋の金蔵には、運悪く支払いにあてる三千五百両もの大金と、材木を売った儲《もう》けの千八百両、あわせて五千三百両もの大金が収納されていた。

三

おなじころ、日本橋の薬種問屋で砂糖を売り物にしている［堺屋《さかいや》］と、横山町《よこやまちょう》の小間物問屋［森田屋《もりたや》］にも雲霧仁左衛門配下の盗賊が侵入した。

堺屋には仁王の一味が、森田屋には女賊のお蝶がひきいる一味が侵入した。

堺屋があつかう白砂糖は大奥が一番の得意先で、大奥には御台所《みだいどころ》を筆頭に故家宣《いえのぶ》の正室だった天英院《てんえいいん》をはじめ、側室がそれぞれ局《つぼね》を構え、年寄をいれると千数百人にのぼる女中衆が住みくらしている。

むろんのこと、大量の酒も消費されるが、女たちには甘い物はかかせない。ほかの薬種問屋からも砂糖は仕入れているが、堺屋からの仕入れがもっとも多かった。

仁王の一味にはいっていた看取《かんど》りの伊三造が苦もなく錠前をあけたため、侵入にも手間はかからなかった。

仁王は頭目から禁じられている女は犯さずの命令を守って、女に手出しはしなかったが、手下のなかには匕首《あいくち》で脅し、縛りあげた女中の裾をまくって、股ぐらをこじあけ、突っ込んだ者も何人かいた。

金蔵には千両箱が三個と、ほかに帳場の金箱に三百六十両余の金がはいっていた。

引き上げようとしたとき、捕り方が駆けつけてきたが、怪力の仁王がふりまわす鉄棒が捕り方を薙《な》ぎ倒し、梯子で囲んだものの、鉄棒が唸《うな》りをあげると、梯子がへし折れてしまった。

そのあいだに手下たちは千両箱をかついで茶船に乗り込み、仁王がもどるやいなや、まっしぐらに逃走してしまった。

一方、横山町の小間物問屋・森田屋に向かったお蝶たちの一味は、最近、店が雇いいれたばかりの手代にあらかじめ内から表の潜り戸をあけさせてあった。

金蔵の鍵はお蝶の色仕掛けと、三百両の報酬を受け取っていた別の手代が、あらかじめ鍵の型をとらせてくれていた。

その手代は後からはいった三つも年下の手代に自分の座を奪われたため、三百両の分け前で、いずれは上方にのぼって、京か大坂に自前の店をもとうと考えたのである。

森田屋の蔵には仕入れのための資金らしい千両箱が五つ収納されていた。

店の者がだれひとり朝まで気づかなかったため、お蝶の一味は霞《かすみ》のように夜の闇に溶けて消えていった。

近くの水路には頭目の仁左衛門が茶船を舫って待ち受けていた。

森田屋では朝になってから金蔵から五千両が消えているのに、ようやく気づいて番所に届けてきた。

役人が駆けつけたが、賊の手がかりになるようなものは何ひとつ残されてはいなかった。

第三章　噂《うわさ》が走る

一

――その翌日。

日本橋筋の大通りでは、早くも置き手ぬぐいの小粋《こいき》な読売細見《よみうりさいけん》（号外）の若い売り子たちが、威勢よく声を張り上げていた。

「さぁさぁ、お立ち会い！　なんと、なんと一夜にして一万三千両もの大金が金蔵から消えちまったてぇから大変だ！」

読売細見とは人びとが注目するような事件のあらましを、いち早く瓦版《かわらばん》で刷り上げて売り子に渡す。

売り子は街頭で呼び声を張り上げ、一枚三文から五文で売りまくるものである。

この細見の版元の売り上げは、版木の彫りと摺《す》りあがりの早さとともに、売り子の口上の威勢のよさにかかっている。

活きがよくて、声のよくとおる売り子の喉もあるが、なによりも一にも二にも早いものがちの商売でもある。

「おまけに土蔵の扉や白壁に雲霧参上と書き残されていたってぇからオドロキ、モモノキ、サンショノキよ！」

「おい、なんなんでぇ、その雲霧なんとかいう野郎は……いちいち参上なんてぇもったいつけやがってよ」

「ようよう、おあにぃさん。もう何年も前から京、大坂から浪速あたりの商人《あきんど》の金蔵を手当たり次第に荒らしまわっている大泥棒の雲霧仁左衛門を知らねぇとはたまげたねぇ！」

細見売りは、ここが勝負どころとばかりに声を張り上げた。

「いいかい、お立ち会い。今をさること百年も前のむかしもむかし、おおむかし、京の都の三条河原で釜ゆでの刑になった大泥棒がいたのをご存じかい」

「ああ、石川五右衛門とかいう盗人《ぬすっと》のことだな」

「おお、その石川五右衛門のことなら浅草の芝居小屋で見たぜ。たしか楼門五三桐《さんもんごさんのきり》とかいうやつだろう」

細見売りが待ってましたとばかりまくしたてた。

「そうそう、その芝居のネタにもなった石川五右衛門の生まれ変わりみてぇな大泥棒が、この雲霧仁左衛門よ！」

「けっ、よくいうぜ。五右衛門が狙ったのは大坂城の金蔵だが、雲霧はたかが商人の金蔵だろう。ちいっとばっか、狙いが小粒すぎやしねぇか」

「なんのなんの、この雲霧仁左衛門はひきいる手下がざっと百人はいるてぇから驚き桃の木、山椒《さんしょ》の木よ」

「へぇえ、そいつはすげぇや」

「一万三千両といや、一人頭百三十両か」

「百三十両もありゃ、死ぬまで遊んでいても食える勘定だぜ」

「こたえられねぇな」

「おりゃ、ついぞ小判なんてぇしろものは見たこともねぇぜ。小判で十枚もありゃ、目がくらんじまわぁ」

捕らぬ狸《たぬき》の皮算用で勝手なオダをあげている。

「さぁさぁ、お立ち会い！　ここからが本題だ！　なんと、この雲霧一味は京や大坂、堺《さかい》の大商人の蔵を狙っちゃ何万両という大金をかすめとった盗賊だぜ」

細見売りが一段と声を張り上げた。

「その雲霧仁左衛門が一味を引き連れて江戸にお目見えなすったてぇから、火盗改も、奉行所も尻に火がついて、てんてこ舞いの大騒ぎよ！」

つい四半刻前に摺りあがったばかりの瓦版を小脇にかかえ、読売の細見売りが声高《こわだか》に呼びかける。

「おまけに飛騨屋じゃ器量よしで評判の女将さんをはじめ、女中たちもひとり残らず盗人におもちゃにされたそうだ！」

たちまち細見は飛ぶように売れていく。

「なぁ、おい。金はともかく女まで総なめにするたぁ、ひでぇはなしじゃねぇか」

「ちきしょう。おりゃ飛騨屋の女将さんに前から岡惚《おかぼ》れしてたんだぜ」

「なんでも嫁入り前の若い娘っ子たちまで、何人もの子分に突っ込まれたってぇからひでぇはなしよ」

「へっ、それにしても金はふんだくるわ。女にはつっこむわ、やりたいほうだいじゃねぇか。八丁堀も火盗改もいってぇ何してやがったんでぇ」

野次馬の関心は盗まれた金のことよりも、今度はもっぱら突っ込みのほうに向けられたようだった。

「さぁさぁ、お立ち会い、その雲霧一味のことが知りたきゃ、この細見に、そっくり書いてあらぁ。さぁさぁさぁ！　お立ち会い、買った、買った！　この細見はたったの三文だ。早いもんがちだぜ」

なにしろ、小判なんぞには一度もお目にかかったこともない連中ばかりである。人の不幸は我が身のしあわせ、たった三文で井戸端の噂話のなによりの馳走《ちそう》になる。

「おい、この雲霧仁左衛門てぇのはそんなに凄《すご》い盗人なのかい」

「ああ、なんでも雲霧てぇやつは侍あがりでヤットウの腕も凄いてぇから、捕り方も手がつけられねえらしいぜ」

「へぇえ、ともかくよ。なにしろ一晩で一万三千両とはいい稼ぎじゃねぇか」

「ちきしょう！　うめぇことしやがったな。こちとら、その雲霧てぇ盗人の爪の垢《あか》でも煎《せん》じて飲みてぇくらいのもんだ」

「まったくだ。こちとらにもちびっと、お裾《すそ》分けしてもらいてぇやな」

「けっ！　ざまぁみやがれってんだ。飛騨屋なんぞはよう、これまで火事場泥棒みてぇな阿《あ》漕《こぎ》な商売で、しこたま銭をためこんでいやがったからよ。ちいっとお灸《きゆう》をすえられりゃいいやな」

「そうよ。こちとら、自慢じゃねぇが、小判どころか宵越《よいご》しの銭ももったためしがねぇぜ」

「だいたい銭を溜めようなんてぇやつは江戸っ子の面汚《つらよご》しだぜ。なぁ、おい」

「へっ、自慢じゃねぇが、おれっちの長屋じゃ、溜まるのは肥壺《こえつぼ》の糞《くそ》としょんべんぐれぇのもんよ」

物見高いのは江戸っ子の常、びっくり半分、やっかみ半分だが、一夜にして大金をかっさらわれた富商に同情する者は一人としていなかった。

二

浅草は金龍山浅草寺《きんりゆうざんせんそうじ》をはじめ数十余の寺がひしめきあう寺町である。

神谷平蔵の診療所は、そんな寺町の一角に看板を掲げている。

いまや平蔵は町医者として、武士道などという裃《かみしも》を着た堅苦しいものとは無縁の、血肉の通った、人と人との情けのなかに暮らす身となった。

幼馴染《おさななじ》みで剣友でもある矢部伝八郎は、やはり剣友の井手甚内《いでじんない》とともに日本橋の小網町《こあみちょう》で剣道場をひらいている。

　そのとき、平蔵も師範代の一人にと誘われたが、剣を暮らしの道具にするのは性にあわないと断った。

　とはいえ、ときには頼まれて、余儀なく剣を遣《つか》う羽目《はめ》になることもある。

　そういうときは五十両、百両もの礼金が入ることもあるが、平蔵はあくまでも医者が本業のつもりだった。

　町医者などは、しゃかりきになって病人や怪我人を治療しても、日に一分か、二分も稼げばいいところである。

　下手《へた》をすれば十日や半月、ひとりの患者も来ない日もある。

　しかし、それは治療する相手が長屋暮らしの貧しい人びとがほとんどだから、実入りがすくないだけのことだ。

　伝八郎は、「剣道場の門弟や、その親たちからも盆暮れには謝礼の金がはいる。町医者よりはずんと実入りはいいぞ」と、ときおり誘い水を向けにきたものだ。

　しかし、平蔵としては実入りの多寡《たか》だけで、あれこれいわれるのは片腹痛い。算盤《そろばん》ずくで医者をしているつもりはなかった。

　江戸には駕籠《かご》で往診して法外な料金をふんだくる乗物《のりもの》医者というのがいる。

乗物医者は貧乏人には見向きもせず、大名家や大身旗本、裕福な大店《おおだな》の主人しか相手にしないという。

なかには往診料だけで一回一両二分もとる医者もいるらしい。

かたや、平蔵は近くの蛇骨長屋に住んでいる、その日暮らしの人びとも変わりなく診察し、治療もするし、薬も出す。

ときには薬問屋に払う金にも不足しがちだったが、ゲンノショウコやハブ茶などは、近くの雑木林や川辺に出向いて摘《つ》んできては、縁側で日干しにして使っている。

三

神谷平蔵の診療所の狭い待合室でも、患者たちは雲霧一味の噂でもちきりだった。

「なんでも雲霧仁左衛門は一晩で千両箱をいくつも稼いだんだそうよ。すごいわよねぇ。あたしも一度でいいから、キラキラ光る小判の山を拝んでみたいよ」

「ふふふ、そんなの夢の、また夢よ。どっち向いても甲斐性《かいしょう》なしの亭主ばかりだもの」

「うちのひともいっそのこと、トンカチたたいてるより雲霧のお仲間にでもなって、小判を何枚か運んできてくれないかしら……」

買ってきたばかりの瓦版を手に物騒なことを口にしているのは、大工の吾助《ごすけ》の女房で、おうめという女だった。

「あたしなんか小判なんてお目にかかったこともありゃしないわよ。うちの宿六《やどろく》も雲霧ぐらいの甲斐性があったらねぇ……」

「でもさぁ、小判はともかく、盗人のおもちゃにされちゃった女の子はかわいそうよねぇ。もう、お嫁にもいけなくなっちゃうんじゃない」

お駒《こま》が眉をひそめて同情したが、おうめは苦もなく一笑した。

「だいじょうぶよ。世間の噂も七十五日っていうじゃない。それに世の中は女ひでりだもの。独り者の男がわんさといるから、なんとかなっちゃうもんよ」

「そうね、女ならなんでもいいって男がわんさといるわね」

すぐに思い直したお駒は、版木彫り職人の長助《ちょうすけ》の女房である。

長助は実入りはいいが、酒と博奕《ばくち》に目のない男で、ふところは年中ピイピイしている。

「うちの亭主なんか、あたしが稼ぐのをいいことにして、自分の手間賃はみいんな、すっからかんになるまで飲んじまうんだもの。ほんと、いやんなっちゃうわ」

お駒は回り髪結いをしながら［白牡丹《しろぼたん》］という人気の白粉《おしろい》を売っては所帯を切り盛りしているという甲斐性者の女である。

お駒は白粉など無用の色白で、すらりとした細身の姿のいい女だった。

「だいじょうぶよ。お駒さんは器量よしだもの、そんな亭主とはさっさと別れちまって、もっと真面目な男を見つけたほうがいいんじゃない」

「そりゃ何度もそう思ったわよ。でもねぇ、いざとなるとなかなかねぇ」

「ほんと、うちの宿六も朝から暮れまでトンカチたたいて、ノコ引いて、汗だくになってはたらいても、家賃払って、おまんま食べたら、それでちょんだもの」

おうめの泣き言はとめどがない。

江戸は約百万人もの人が暮らしているが、そのうち男は六十数万人、女は三十数万人と圧倒的に女が少ない。

また、参勤交代で国元に妻子を残して単身で出府してくる武士が多い。

また近在の百姓も親の田畑を受け継ぐのは長男で、あまった男は江戸に出てきて働くしかない。

そのため、江戸の人口は男の数が多く、女が少なくなる。しかも娘は行儀見習いや口べらしのために武家屋敷や商家に奉公するものが多いから、町家に暮らす娘の数は少ない。

いうならば江戸の町は、恒常的に女ひでりの町でもある。

また、器量よしの娘は茶店で働いたり、商家に女中奉公をしているうちに店の主人や出入りする小商人に見そめられて、女房におさまる者もいるし、なかには囲い者になる者もいる。

四

江戸には小商人や職人などの独り者があふれていたから、それほどの器量よしでなくても、家事がちゃんとこなせる女だったら嫁の貰《もら》い手はいくらでもいた。

年増《としま》だろうが、こぶつきの寡婦《やもめ》だろうが、女ならだれでもいいという、独り者の男であふれているのが江戸という町である。

だから、どうしても江戸の女は鼻っぱしらがめっぽう強く、亭主を尻に敷いて嬶天下《かかあでんか》になるものが多い。

むろんのこと、おうめなどはきわめつきの嬶天下の口である。

とどのつまり、二人の話はどこまでいっても亭主の愚痴《ぐち》にゆきつくようだ。

「それにしても、一晩で一万三千両はすごいわよねぇ……」

おうめも、お駒も溜息をついた。

「おい、おうめも、お駒もバカなことをいうんじゃない。悪銭《あくせん》身につかずという諺《ことわざ》を知らんのか……」

平蔵は隣の治療室で腹ばいになったお芳《よし》の腰を指圧しながら、待合室のおうめとお駒のほうを敷居越しに睨《にら》みつけた。

「いいか、その雲霧仁左衛門とかいう盗賊も、いずれは御用になって市中引き回しのうえ、打ち首、獄門《ごくもん》になるにきまっておる。なにが小判の山だ」

じろりと睨みつけてやると、さすがに気がさしたとみえ、おうめも、お駒もバツがわるそうに顔を見合わせ、首をすくめた。

「銭などというものはな。おまえたちの亭主のように、せっせと汗水流して働いて稼いでこそ身につくものだぞ」

「はいはい、わかりましたよう……」

おうめは不服そうに口をとんがらせて反論した。

「だけどさぁ、せんせい。うちの亭主なんか、盆暮れのほかは、日がな一日、汗水流してトンカチたたいて働いてるんだよ」

「ああ、吾助ほど真面目で、腕のいい大工はなかなかいないと棟梁《とうりょう》もいっておったぞ」

「あら、ま、棟梁が……」

「そうよ。いい亭主をもって、おまえは幸せものだ。女房が盗人の稼ぎをうらやましがったら吾助が泣くぞ」

「でもねぇ、せんせい。いくらよいしょしてもらっても、うちの巾着《きんちゃく》は年がら年中、すっからかんのからっけつだもの。愚痴のひとつもいいたくなりますよ」

平蔵は指圧の手をとめて睨みつけた。

「何をいうか。お駒はともかく、おうめは暇さえあれば団子や饅頭《まんじゅう》を買い食いしちゃ、井戸端で股ぐらおっぴろげて、おしゃべりばかりしているだろうが」

「そんなことないわよ。洗濯だって掃除だってちゃんとしてますったら……」

「あたりまえだ。そんなことは独り身のおなごでもする。威張るほどのことはない」

「それに買い物にだっていかなきゃなんないし、針仕事だってしなきゃなんないし……」

「それもこれも、亭主がちゃんと稼いできてくれるからだろうが」

「そりゃそうですけどさぁ……」

「掃除や洗濯、炊事《すいじ》など男でもできる。おまえに鉋《かんな》やノコギリを使って家が建てられるか。ン……できまいが」

「そんなこといわれたってねぇ」

おうめが不服そうに口をとんがらせた。

「それに赤子を産むのもおなごだけだもの。おっぱいやって、おむつ替えちゃ、洗濯して、掃除すませたら買い物にいって、急いでおまんま、こしらえなきゃなんないじゃない」

「そうよねぇ」

お駒がすぐに相槌《あいづち》をうった。

「その合間に煮物もしなきゃなんないし、子守りもあるでしょう。ほんと、いちんち、ろくに休む暇もありゃしませんよ」

「まぁ、な。掃除に洗濯、炊事に子育てと家事が大変なのもわかる」

平蔵も家事は苦手だけに、ここは一歩ゆずっておいた。

「だがな、ややこは天から降ってきたわけじゃあるまい。ふたりで毎晩せっせといいことをしたからだろうが」

「え、そんなぁ……」

おうめは柄にもなく顔を赤らめて、腰をくねらせた。

おうめは五年前まで浅草寺境内《けいだい》の水茶屋で働いていた茶汲《ちゃく》み女だったが、吾助が一目惚れしてせっせと通いつめ、口説《くど》き落として女房にしたのだ。

浅草寺境内にある二十軒茶屋の茶屋女は器量よしが多く、なかには江戸の美人絵に描かれるものもいる。

そのころの、おうめは細身で姿のいい女だったらしい。

吾助の女房になって二人目の赤子を産んでからは腿や腹にも脂《あぶら》がついてきて、それなりに年増女の色気はあるが、口達者で亭主を尻に敷きっぱなしにしている。

「吾助がおまえと所帯をもったころと、いまのおまえとじゃ、月とすっぽんぐらいちがうはずだぞ」

「だって、そりゃ……」

「それでも、吾助は真面目に仕事に精出して、浮気ひとつせず、おまえを可愛がってくれておるだろうが」

「どうかしらねぇ……」

「おまえみたいに、日がな一日、甘いものばかり食ってちゃ、そのうち、腹の肉も、尻の皮もたるんできて、鏡餅《かがみもち》みたいになってしまうぞ」

「しどいわねぇ。鏡餅だなんて……」

おうめは口をとんがらし、ぷうっと頬をふくらませた。

五

平蔵が治療をおえて、お芳に出す飲み薬を処方しているあいだも、おうめとお駒は読売細見を手に、雲霧一味の話題に夢中になっていた。

「ねぇ、ちょっと小耳にはさんだんだけどさ。飛騨屋さんは金箱をごっそりとられちゃったうえに、器量よしのおかみさんまで、坊主頭の盗人にさんざんおもちゃにされちゃったらしいわよ」

「あら、ま、とんだ災難だったわねぇ」

お芳は眉をひそめて同情したが、おうめは人の不幸など、どこ吹く風だった。

「それも、旦那《だんな》さんの目の前で半刻近くも遊ばれちゃったんですってよ」

「へええ、半刻だなんてすんごいわねぇ。うちのひとなんか、ちょこちょこのちょいで、ハイ、おしまいだものね」

お芳が思わず吹き出した。

お芳は玄妙僧都《げんみようそうず》という坊主の妾《めかけ》で、手当も結構もらっているらしく、治療代をツケにしたことはこれまで一度もない。

「それじゃ、かえって寝つけなくなっちゃうわよねぇ」

「そうよ。うちの宿六なんか、おまんま食べたらすぐに大あくびして、ごろんと寝転がって鼾《いびき》かいて眠っちゃうんだもの」

おうめはげんなりした顔で口をへの字にして溜息をついた。

「その鼾が、またすんごいのよねぇ。口をぱかんとあけてさ。まるで牛か豚みたいに鼻の穴からふいごふいてるような大鼾よ」

「おい、ばかなことをいうな……」

平蔵は思わず苦笑した。

「牛や豚が出稼ぎにいって、銭を稼いできてくれるか。だいたいが、牛や豚とくらべちゃ、亭主がかわいそうだろうが、ン」

「あら、死んじゃった牛は肉や角《つの》を売れば、結構な銭になるけど、うちのがお陀《だ》仏《ぶつ》になっても、お寺さんに供養代ふんだくられるだけだものね」

おうめの口達者はとどまるところがない。

——もはや、何をかいわんやだ。

これが吾助の耳にはいったら、鑿《のみ》を逆手にもって追いかけまわすにちがいない。

「ほんと、なんのために夫婦になったんだかわかりゃしないわよねぇ」

お駒が嘆息をもらした。

「あら、だったらやっぱり、さっさと三行半書《みくだりはん》かせて別れちまいなさいよ。お駒さんなら、いくらだって男が寄ってくるわよ」

「そんなことないわよ。あたしみたいな小三十の年増なんか、だれも相手にしてくれるもんですか」

「あら、うちのひとの大工仲間の吉《きっ》ちゃんなんか、とうに前からお駒さんに岡惚れしてるわよ」

「うそうそ、うそよ。吉ちゃんはあたしより三つも年下よ」

「いいじゃない。年下のほうが活きがよくってかわいいじゃないの。いっそのこと、そんな亭主なんか、さっさとお払い箱にしちゃって、吉ちゃんといっしょになったほうがいいわよ」

　けしかけておいて、おうめは横座りになってなげいた。

「あたしも、だれか好いてくれるひとが出てこないかしらねぇ」

　おうめが身勝手なことをほざいていると、裏庭の井戸端で洗濯をしていた由紀が、襷《たすき》がけの紐《ひも》をはずしながら、下駄をつっかけて土間にやってきた。

「あら、おうめさん……溜息なんかついちゃって、どうかしたの」

「よくいうわね。由紀さんは「おかめ湯」は繁盛しているし、夜はせんせいにたっぷり可愛がってもらってるんだもの。いうことないわよね」

　お芳に渡す漢方薬を調合していた平蔵がふりむいて一喝《いっかつ》した。

「こら、おうめ！　つまらんことをほざいていると、その口、ふさいでしまうぞ」

「あら、いいわねぇ。せんせいがふさいでくれるんなら、こっちのほうの口にしてくれないかしら……」

　おうめが脂のこってりのった腹をぽんぽんとたたいて、けらけらと笑った。

「あたし、こうみえても、口は結構かたいから由紀さんにもバレないわよ。ふふっ」

なんとも口のへらない女である。

第四章　隠れ宿

一

江戸の北郊を西から東に流れる入間川《いるまがわ》は荒川《あらかわ》と合流し、隅田川となって浅草の東岸を洗いつつ江戸湾に流れこむ。

両国《りょうごく》の広小路のつきあたりには、全長九十四間（約百七十メートル）におよぶという両国橋が架けられ、さらに両国橋の下流には百間（約百八十メートル）もの新大橋《しんおおはし》が、江戸湾口の霊岸島《れいがんじま》からは、全長百十間（約二百メートル）という永《えい》代橋《たいばし》も架橋された。

両国橋は火事による焼失、隅田川の増水による流出、破損などで何度も喪失《そうしつ》したが、日々ふえつづける江戸の人口に歯止めをかけることはできない。

浅草御蔵《おくら》の対岸には広大な幕府の御竹蔵《おたけぐら》があるし、深川《ふかがわ》には材木置き場もある。

大川《おおかわ》の対岸にある深川一帯は、永代寺の門前町を中心にひろがりつづけている。また、本所《ほんじょ》には各藩の下屋敷や御家人の長屋、陸尺《ろくしゃく》（常雇いの駕籠《かご》かき）たちの長屋がひしめきあっている。

そのほかは、旗本や坊主の妾宅《しょうたく》や町人が住まう長屋ぐらいのものだ。本所の東にひろがる小梅村《こうめむら》や押上村《おしあげむら》、亀戸村《かめいどむら》の田畑や雑木林のあいだには百姓家がまばらに見られるだけだった。

隅田川に面した一角には水戸家《みとけ》の広大な下屋敷の甍《いらか》が聳《そび》えていた。南側は源森川《げんもりがわ》に面し、北側は三囲稲荷《みめぐりいなり》神社の境内《けいだい》になっている。その稲荷社の外の雑木林のなかに藁葺《わらぶ》き屋根の農家が一軒、ぽつんと取り残されたように建っていた。

農家の西側には農具小屋や牛小屋、鶏《にわとり》小屋があったが、牛も鶏も飼っているようすはない。

北から南へ流れる隅田川には昼となく夜となく船がゆきかい、櫓《ろ》を漕ぐ音や、船頭の船歌がのどかに聞こえてくる。

二

――その日の夕刻。

水戸家下屋敷と稲荷社の狭間《はざま》にある一軒の農家に、日が沈みかけるのを待っていたかのように一人、また一人と野良着姿の男たちがやってきた。

手ぬぐいで頬かぶりした者もいれば、編笠をつけた者もいる。

農家の奥にある座敷の襖《ふすま》をあけはなった二部屋には、集まってきた男たちに鳥追い女もくわわって、酒を飲みながら低い声でなにやら話し合っている。

そのなかに、仲間にはくわわらず、一人だけ部屋の隅の壁にもたれて、目をとじたまま、腕組みをしてあぐらをかいている浪人者がいた。

男は、大坂から戻ってきた松永鎌之助だった。大和《やまと》の国で二万五千石を領する高取藩《たかとりはん》に仕えていたが、藩内抗争にまきこまれた末、脱藩した東軍流《とうぐんりゅう》の遣《つか》い手《て》である。

東軍流は四代将軍家綱《いえつな》のころに、江戸で剣名をあげた川崎鑰之助《かわさきかぎのすけ》が創始した流派で、戦国乱世の気風を受け継いだ荒々しい剣法である。

川崎鑰之助は幼いころ、天台宗《てんだいしゅう》の僧侶だった東軍 権僧正《ごんのそうじょう》から武芸を学んで奥義を授けられた。

東軍流は多数の敵を相手にするときは敵を殺すよりも、戦闘力を奪うことに重きをおく、きわめて実戦的な剣法で、赤穂浪士《あこうろうし》の頭領だった大石内蔵助《おおいしくらのすけ》も東軍流の剣士であった。

松永鎌之助は、数年前、雲霧一味が大坂奉行所の捕り方にかこまれたとき、一人で二十数人もの捕り方を殺傷し、血路をひらいて以来、仁左衛門の片腕となった。

雲霧仁左衛門は松永鎌之助のほかにも、数人の腕ききの剣客を一味にかかえていて、これまで何度となく捕り方の役人にかこまれたが、苦もなく一蹴《いっしゅう》してきた。

三

南側にある常泉寺《じょうせんじ》の鐘が暮れ六つ（午後六時ごろ）を打つころ、深編笠をかぶり、手に尺八《しゃくはち》を携《たずさ》えた虚無僧《こむそう》姿の雲霧仁左衛門が、大刀を腰にして表から土間にはいってきた。

一味の女賊で小頭《こがしら》でもあるお蝶が、素早く立っていって土間におりたった。お蝶は櫛巻《くしま》き髪の婀娜《あだ》っぽい年増《としま》で、三味線《しゃみせん》片手に門付けして町をまわっては、商家のようすを探る役目もしてのける。

草鞋《わらじ》をぬいで上がり框《かまち》に腰をおろした仁左衛門の足を、お蝶が小盥《こだらい》の濯《すす》ぎの水で指の股まで丁寧に洗い清めた。

仁左衛門は大刀を手にして、一味の者が居並ぶ前にどっかと腰をおろすと、ふところから読売細見《よみうりさいけん》をつかみだした。

「おい、これを見ろ。飛騨屋に押し入った盗賊の頭目は坊主頭の男で、堺屋のほうは角顔の大男だと書かれている。おまけに人相書きまで描かれているぞ」

仁左衛門は目の前にいる坊主の松五郎と、仁王を睨《にら》みつけた。

「それにひきかえ、お蝶が手がけた森田屋のほうは、朝になるまで金を盗まれたことも気がつかなかったようだ」

「へ、へい。けど、お頭、稼ぎがしらはあっしでしたぜ」

坊主の松五郎が不服そうに口答えした。

「それは、たまさか飛騨屋の金蔵に材木の支払い金があっただけのことだろうが」

「へい、まぁ……」

「松五郎の人相書きが出回ったのは、面《つら》を店の者にさらしたうえ、飛騨屋の女房を手込めにしたからだろう。しかも、手下までが女中たちに悪さをしたそうだな」

仁左衛門は吐き捨てた。

「きさまたちがお縄になれば、雲霧一味が数珠《じゅず》つなぎにとっつかまる。捕まったら最後、打ち首獄門《ごくもん》はまちがいない」

「へへへ、あんな人相書きなんぞ、どうってこたぁありませんや」

坊主松がうそぶいた。

「鬘《かつら》や付《つ》け髭《ひげ》でもつけりゃ、どうにでもなりやすし、天蓋《てんがい》でもかぶって虚無僧に化けりゃすみまさぁね」

「馬鹿野郎！　関所役人ならともかく、江戸の火盗改は、鬘や付け髭なんぞでごまかせるほど甘いもんじゃない」

仁左衛門は一喝《いっかつ》した。

「しかも、やつらは、どの街道も木戸御免のうえ、借り馬は使い放題だ。一度、目をつけられたら夜も昼もなく、人相書き片手に、おまえたちを追ってくる」

「へ、へぇ……」

坊主松と仁王は顔を見合わせた。

仁左衛門は大刀を片手に腰をあげると、仁王を睨みつけた。

「ともかく、しばらく仁王はここでおとなしくしていろ。下手《へた》に出歩くと岡っ引きに目をつけられてお縄になるぞ」

「わかりやした」

仁王がしぶしぶうなずいたときである。

仁左衛門の大刀が鞘走《さやばし》るなり、白刃一閃《はくじんいっせん》、坊主松の首を無造作に刎《は》ね切った。

血しぶきとともに坊主松の首がごろりと畳のうえに転がった。

「あわわっ……」

一座の者が騒然として中腰になった。

「騒ぐなっ。松五郎はいかなる時でも、女を犯さずという雲霧の掟《おきて》を破ったゆえ、成敗した」

仁左衛門は刀の血糊《ちのり》を懐紙《かいし》で拭《ぬぐ》い、鞘におさめた。

「余るほど金銀を蓄えていながら、なおも貪《むさぼ》ろうとする強欲な商人からは容赦なく奪うが、罪のない女は犯さぬのが、われわれ雲霧一味の掟のはずだ」

鋭い目で配下の者を見渡し、叱咤《しった》した。

「松五郎配下の者も許しがたいところだが、今日のところは目をつぶってやる。肝《きも》に銘《めい》じておけっ。よいな」

松五郎配下の者は首をすくめて、声もでなかった。

四

患者が帰ったあと、平蔵は朝飯の残りを釜からこそぎとって茶漬けにし、味噌《みそ》漬《づ》けの茄子《なす》と沢庵《たくあん》を菜に昼飯をかきこんでいた。

この界隈《かいわい》は寺町だけに、烏《からす》や雀《すずめ》が我が物顔でのさばっている。

鳴き声は我慢するとしても、洗濯物に糞《ふん》を落とされてはたまらないので、ときおり怒鳴りつけては追い払う。

いつも来る肥汲《こえく》みの百姓が、いっそのことガラガラをつけてみたらどうです、とすすめてくれた。

ガラガラというのは、百姓が鳥を追い払うため田圃《たんぼ》の端から端に木片をつけた紐《ひも》をかけわたすものだ。

風が吹くと木片と木片がぶつかって、カランカランと鳴る音で鳥を追い払うという簡単な仕掛けである。

それが、結構、効き目があるらしいが、そんなことをするのも面倒くさいし、だいいちうるさくて、おちおち昼寝もできない。

それに、たまには鶯《うぐいす》が訪れてくるのも風流なものだ。

だいたいが平蔵は、万事、なにごとも成り行き任せの暮らしだった。

茶漬けを食いおわったあと、縁側に肘枕《ひじまくら》でまどろんでいると、表から雪駄《せった》の音をちゃらちゃらさせながら、斧田晋吾が土間をぬけてやってきた。

「よう、相変わらず暇そうだな……」

斧田はそれが癖の十手《じって》でポンポンと肩をたたきながら、縁側にどっかと腰をおろした。

「いや、結構、結構。医者が暇なのは病人や怪我人がいないということだからな」

「おい。それは嫌みか」

「ン？　なんの、なんの。本音さ」

「ちっ！　あんたは暇でも暮らしにはかかわりがないからな。こっちは暇すぎるとアゴがひあがるんだぞ」

「ふうむ……しかし、見たところ、いたって健《すこ》やかに見えるがな」

「なにをぬかしやがる。医者が寝込んだらおしまいよ」

「ま、ま、そうむくれるな。禍福《かふく》はあざなえる縄のごとしだ。どっちにしろ、ま、そのうち、あんたも、おれも目がまわるほど忙しくなるだろうよ」

「おい。なにか、そんな兆《きざ》しがあるのか」

「いや、いまはないが、世の中、いつまでも穏やかだと、同心もクビがあやうくなりかねんからな。こうやって、せっせと町まわりに汗をながしているのさ」

口をひんまげて、にやりとすると、勝手に茶を淹《い》れて、沢庵をつまんでバリバリと嚙《か》みしめながら、小指をたてた。

五

「ところで、［おかめ湯］の女将《おかみ》の顔が見えんようだがどうしたね」

「あたりまえだ。いまごろ湯屋は忙しいさなかだぞ。帳場を仕切る女将がこんなところで油を売っているわけにはいかんだろうが」

「ふうむ……つまりは、まだ、つづいておるということか」

「まだ、とはなんだ。まだ、とは……」

「いや、結構、結構……なにせ、あんたは女出入りの忙しい男だからな」

「ちっ！　女出入りとはなんだ。あんた、おれを遊治郎《ゆうやろう》あつかいする気か」

遊治郎とは衣服をかざり、酒食にふける遊び人のことだ。

「ふふふ、ま、遊治郎はともあれ、これまで、あんたがモノにしたおなごはちょいと数えただけでも片手にあまるだろう」

斧田は平蔵をちらりと見ながら、指折り数えあげた。

「神谷の兄者《あにじゃ》の屋敷にいたころは別にしてもだ。縫《ぬい》どのを皮切りに、篠《しの》どの、波津《はつ》どのに文乃《あやの》どののだろう。それに、おもんとかいう忍びの女もいたな……」

「おい、いい加減にしろよ」

平蔵は舌打ちした。

「だいたい、モノにしたとはなんだ。おれは、どのおなごもこっちから袖《そで》にしたことはないぞ。それぞれに余儀ない事情があって去っていっただけだ。そのあたりのことは、あんたもよく知っておろうが……」

「ま、ま、そうムキになるな」

　斧田はひらひらと片手をふって、つるりと顎《あご》を撫《な》でた。

「どの、おなごもいい女だったよ。ただ、どれもこれも、長つづきしなかったがな。ま、あんたもそれぞれ楽しむだけ、楽しんだんだからいいじゃないか」

「こいつ！　楽しんだとはなんだ」

「ま、ま、ただ、別れちまった女のことは綺麗さっぱり忘れてだな。ここらあたりで、儲《もう》からん町医者稼業なんぞやめちまって「おかめ湯」の亭主におさまって左団扇《ひだりうちわ》で暮らせばいいと思うがなぁ」

「なにが左団扇だ。おれが湯屋の亭主になろうなどといったら、由紀は呆《あき》れて卒倒するだろうよ」

「いやいや、おなごというのはそんなものじゃないぞ。好いた男と共白髪《ともしらが》になるまで添い遂げたいと思うものだ。ただ、きさまが鈍感なだけよ」

「ほう、あんたからお説教されるとは思わなかったな」

「悪いことはいわん。あれだけの上玉は滅多にいるもんじゃないぞ。ウン……」

「なにをぬかしやがる。上玉とはなんだ。上玉とは……」

「ふふふ、ま、そう目くじらたてるな。上玉が悪けりゃ、とびきりの別嬪《べっぴん》とでもいうか。ン……あの女将は浅草でも指折りの美人だぞ」

斧田は十手で肩をぽんぽんとたたいた。

「しかも繁盛しておる湯屋の女主人で、貴公にぞっこんとくりゃ、いうことはなかろう。この、おれが代わりたいくらいのものよ」

「ちっ！　おれのことより、あんたのほうこそ雲霧一味の探索に追われて尻に火がついてるんじゃないのか」

六

平蔵は縁側で日干しにしておいた薬草をそれぞれに仕分けしながら、斧田をじろりと一瞥《いちべつ》した。

「こんなところに油を売りにくる暇があったら、せっせと聞き込みにまわったらどうなんだ」

「なぁに、雲霧一味の探索は火盗改がしゃかりきになってるからな。ま、ともかく小者や岡っ引きの尻をたたいて聞き込みにまわらせちゃいるさ」

斧田はぐいと顔をつきだした。

「だがな。町方同心なんぞというのは跡目相続なんて結構なものとは無縁の一代奉公だ。命がけで捕り物をやろうなんて殊勝《しゅしょう》なやつは一人もおらんよ」

斧田は口の端をひんまげて吐き捨てた。

「な、話はもどるが、貴公、［おかめ湯］の女将とは、いまでも結構よろしくやっておるんだろう。ン？」

「ちっ、それこそよけいなお世話だ」

「ま、まともあれ、［おかめ湯］の女将なら面倒な年寄りがいるわけじゃなし、連れ子があるわけじゃない。なあ、悪いことはいわん。医者なんぞやめちまえ」

「いいか、由紀にとっては［おかめ湯］を守ることが定めで、おれは東の間の宿り木みたいなものよ」

平蔵はほろ苦い目になって、ぼそりとつぶやいた。

「おれは、いつ、野面《のづら》の果てに朽《く》ち果てるかも知れぬような風来坊だ。おなごと共白髪になるまで添い遂げるには向いてはおらぬ男よ」

「ふうむ……そう、むつかしく考えることはないと思うがなぁ。きさまはとんとはやらん町医者で、むこうは老舗《しにせ》の湯屋の後家だ。くっつきあうには丁度、格好の相手にみえるがな」

斧田は太い溜息をもらした。

「ふうむ。つまり、あんたと［おかめ湯］の女将は交喙《いすか》の嘴《はし》のくいちがい、か
……」

七

「ははん、それは大工が使う交喙継ぎのことか」

平蔵、苦笑いした。

交喙という鳥はくちばしの上下が食い違っていて嚙みあうことがない。

大工が使う交喙継ぎという工法がある。

二本の材木を継ぎ合わせるとき使う技で、先端のかみ合わせが、双方がぴたりと合わないと、どうにもならないことのたとえになっている。

「おお、まさしく、きさまはそれよ……向こうが、その気になっておるときに、さっさと高砂《たかさご》やをやってだな、きちっと糊付《のりづ》けしとかんと、きさま、いつまでたっても女房なしで過ごす羽目になるぞ」

「ああ、それで結構。おれは神谷の屋敷にいたころから、糸の切れた凧《たこ》のような男だといわれていたからな」

「つまりは、吹く風まかせか……」

「そうよ。そんな風来坊が女房などもってどうする」

「そういう男だからこそ、しっかりものの女に凧糸をもたせておけばよかろうが」

「ちっちちっちっ……」

平蔵は舌打ちして斧田を睨《にら》みつけた。

「それじゃ凧糸をもたされたおなごこそ迷惑だろうが」

「バカいえ。迷惑かどうか、本人に聞いてみなきゃわからんだろうが……」

斧田はにたりとした。

「もしかしたら、喜んで凧糸をもつというかも知れんぞ」

「おれは御免だな。そんな糸など、おれのほうで切ってやる」

「ふうむ……ま、よかろう。きさまの世話をやいてると、頭がこんがらがってくる。ま、好きにしろ」

「あんたも、こんなところで無駄口たたいてる暇があったら、雲霧一味の根城でもつきとめてくるんだな」

「わかった、わかった……」

バリバリと沢庵を齧《かじ》りながら、斧田は口をひんまげた。

「こっちも岡っ引きの尻をたたいちゃいるが、なにしろ雲霧一味は何十人もの手下がいるってんだから、とてもじゃないが、町方同心の手におえるようなやつらじゃねぇ」

「おい、そんな気楽なことをいってていいのか。南の大岡越前《おおおかえちぜん》はしゃかりきになって与力や同心の尻をたたいているそうだぞ」

「ふふ、なにせ、大岡越前は上様のお気に入りだからな。火盗改の向こうをはっていいところを見せたいんだろうよ」

斧田は渋い目になった。

「ま、火盗改は直参の歴《れき》とした知行取りだが、町方同心は一代勤めで、たったの三十俵二人扶持《ぶち》だぞ。せいぜいがコソ泥か、巾着《きんちゃく》切りが相手の仕事よ」

斧田がぼやくのも無理はなかった。同心の上役の与力は歴とした直参で、引退すれば息子が跡を継ぐことができるが、同心は息子が跡目を継げるとはかぎっていなかった。

それでいて、実務は同心がほとんど果たすという不合理がまかり通っている。

斧田は苦笑いすると、十手で肩をたたきながら手下の小者をうながして表に出て行った。

小者というのは同心が自腹を切って雇う使い走りの男のことで、そういう私費を捻出《ねんしゅつ》するために同心は、［役中頼《やくちゅう》み］という袖の下をもらう仕組みになっている。

役中頼みというのは諸藩の江戸屋敷や大店《おおだな》に、日頃からまめに出入りしては、藩や商家が内々に処理したい問題を片づけてやる見返りとして、盆暮れに少なからぬ金品を受け取ることである。

つまりは賄賂《わいろ》だが、これは公然のものとして暗黙のうちに認められていた。

世の中、うまく、もちつ、もたれつにできているのである。

斧田はときおり拗《す》ね者《もの》のような口をきくが、探索と捕り物にかけては、八丁堀でも右にでるものはいない腕ききの定町廻り同心である。

定員は六人、斧田の受け持ち区域は本所と浅草で、日がな一日、下町をてくてくと歩きまわるのが仕事だった。

八

そもそも江戸開府のころ、火盗改は［火付改方］と［盗賊改方］にわかれていた。

江戸開府当時は盗賊の被害よりも、火付けの被害のほうが甚大だったからである。

いったん火付改方と盗賊改方は廃止されるが、赤穂《あこう》事件があった元禄《げんろく》十五年（一七〇二）に盗賊改方が復活し、翌年火付改方も復活する。ついで享保三年（一七一八）には、両役をひとつにし、「火付盗賊改方」と呼ぶこととし、「博打《ばくち》改方」も兼務することになったのである。

火付や盗賊をする者は世の中のはみだし者で、博奕の常習者がほとんどだったからでもある。

しかも、幕府によって改易される藩がふえるにしたがい、禄を失った浪人者が巷《ちまた》にあふれてきた。

戦国のころは戦力としての侍は大事にされたが、徳川政権に歯向かうような大名がいなくなるにつれ、戦力としての侍は不要になってきたからである。

浪人者は博奕打ちの用心棒や盗賊の仲間になって、二本差しの盗賊もふえるいっぽうだった。

そのため、町奉行所の与力や同心では手にあまる凶悪な盗賊を捕縛するためには、幕府も武芸に秀《ひい》でた旗本や御家人を選び出すしかなかった。

それが「火付盗賊改方」、俗にいう火盗改という制度を設けたはじまりである。火盗改の長官《かしら》は旗本先手頭《さきてがしら》の上席に列し、役高は千五百俵、与力は役扶持八十石、同心は三十俵二人扶持と定められた。

大岡越前守忠相《ただすけ》が伊勢《いせ》の山田《やまだ》奉行に任じられたとき、隣接する紀州藩《きしゆうはん》の松坂《まつざか》領内の百姓と、伊勢の山田領内の百姓とのあいだに紛争が生じていた。

このとき大岡が御三家の紀州藩の威光にも断固として屈しなかった気骨を吉宗《よしむね》は高く評価し、みずからが将軍位についたとき、大岡を江戸に呼びもどし南町奉行に抜擢《ばつてき》したのである。

江戸の治安は南北両奉行所にまかされていて、南町奉行所は数寄屋橋《すきやばし》門内、北町奉行所は常盤橋《ときわばし》門内に役宅がある。

与力は旗本で二百石の知行取りだが、同心は御家人で三十俵二人扶持という、食うのがやっとというところである。

斧田のような定町廻り同心は南北合わせて十二人、ほかに臨時廻りも十二人、隠密廻りは四人しかいない。

人手不足を補うため岡っ引きを使うとしても、その費用は自腹ではとてもまかないきれない。

そのため同心に認められていたのが［役中頼み］という余録だった。

同心は配下の岡っ引きや手先のための手当や、下手人《げしゅにん》を追って馬や駕籠《かご》を雇うこともあったので、日頃から常に三両から五両ぐらいの銭をひそかに所持していた。

むろん、斧田晋吾も日頃から、小判や豆板銀《まめいたぎん》を持ち歩いている。

そのくせ妻はもちろん、平蔵にもそんな素振りは微塵《みじん》も見せず、いつも素寒貧《すかんぴん》のふりをしていた。

着流しに巻き羽織、十手は背中のうしろに差し、懐手《ふところで》のまま雪駄をちゃらちゃらさせて町を見回る。

口調もざっくばらんなべらんめぇで、町人からも親しまれていた。

町方同心としての斧田晋吾の手腕はなかなかのもので、その点は平蔵も認めていた。

九

夕刻、平蔵が縁側で天日に干した薬草を仕舞っていると、矢部伝八郎が刀を片手にさげて、のっそりと姿をあらわした。

「おお、神谷。あんまり静かなんで留守かと思ったぞ」

どっかとあぐらをかいて座り、刀を脇におくと、左手の小指を曲げてにやりとした。

「ところで、こっちのほうはうまくやっとるのか」

「こっちとはなんだ。こっちとは……」

「ふふふ、きまっとろうが。［おかめ湯］の女将のことよ」

親指と中指を曲げてちょこちょこと先をくっつけ、にたりとした。

「毎夜、これもんだろうが。ン？」

「おい。品さがった手つきをするな。これもんとはなんだ。かりにも剣道場の師範代だろうが。すこしはそれらしくしろ」

「わかった、わかった。ま、ま、そうカリカリするな」

つるりと顔を撫でて、膝をおしすすめた。

「いや、実は、きさまに是非とも引きうけてもらいたい頼みごとがあっての」

「なにぃ、頼みごとだと……ははぁ、さては浮気がバレて、育代《いくよ》どのにとりなしてくれというんじゃなかろうな」

「馬鹿をいえ。実はの、きさまに、ひとつ、手を貸してもらえんかと思ってな」

「手を貸せだ、と……引っ越しの手伝いでもしろというのか」

「馬鹿をいえ。そんなことなら道場の門弟で事足りる。こっちのほうよ」

手にさげてきた刀の柄《つか》をたたいてみせた。

「ほう……きさま、何かもめごとにでも巻き込まれたのか」

「い、いや、実はの……」

伝八郎、真顔になって、声をひそめた。

「きさま、諏訪町《すわちよう》の武蔵屋《むさしや》を知っておるか」

「うむ……あの、両替屋の武蔵屋か」

「おお、それよ。それそれ……」

「ちっ、おれは小銭がありゃ、そのまま使うし、小判など、このところ顔も見たこともないがな。だからといって、武蔵屋に頭をさげて頼みこんでまで金を借りるほど落ちぶれちゃいないぞ」

両替商というのは小銭と小判を両替するのが建前だが、本業は金貸しである。金繰りにつまった商人はもちろん、大名や旗本、御家人にも金を貸し、その利鞘で儲ける阿漕《あこぎ》な商売である。

「いやいや、そうじゃない。向こうが、きさまに頼み事があるのよ」

「なに、武蔵屋が、この、おれに……何を頼むというんだね。千両箱をどこかに運んでくれとでもいうのか」

「いやいや、その、千両箱のお守りよ」

「お守り……」

平蔵、呆気《あっけ》にとられて、まじまじと伝八郎を見返した。

「まさか、金蔵の番人でもしろというんじゃなかろうな」

「う、ううむ……ま、早くいえば、そういうことになるかのう」

「おい。伝八郎……おれを見損なうなよ。貧《ひん》すれども鈍《どん》せずという言葉があるだろうが。いくら儲からん町医者をやっていても、阿漕な金貸し風情の蔵番など引きうけると思うか。ええ、おい」

「わ、わかっておるとも、ま、ま、落ち着いて、おれのいうことをきちっと聞いてからにしてくれ」

「なにが、きちっとだ。きちっとも、ヘチマもない。帰れ、帰れ」

平蔵、へそを曲げて、ぶんむくれた。

十

「ううむ……しかしなぁ、おれが相棒を頼むとなると、きさましかおらんからのう」

伝八郎は腕組みすると、途方に暮れたように溜息をついた。

「なんだ、相棒だと……」

平蔵、思わず眉をひそめた。

なんといっても、伝八郎はやんちゃ坊主だったころからの幼馴染《おさななじ》みである。

生死をともにして、難敵と戦ったことも数えきれないほどある、かけがえのない親友でもあり、頼りがいのある剣友でもある。

「おい。きさま、まさか、武蔵屋の番人を引きうけたんじゃないだろうな」

「ううむ……。しかしな、なにせ、相手が雲霧仁左衛門と聞いたからには剣士としては黙って、おお、そうかいと見過ごすわけにはいかなんだ」

「なにぃ、雲霧仁左衛門だと……」

平蔵、思わず眉をひそめた。

「あの、飛騨屋を襲った雲霧仁左衛門の一味のことか……」

「ああ、ほかに、あんな物騒な名前を名乗るやつはおらんだろう」

「………」

「なにせ、飛騨屋じゃ、金蔵の大金をかっさらわれたばかりか、女房はもとより、住み込みの女中たちも一人残らず子分たちに片っ端から犯されたというからのう」

伝八郎は懐中から折りたたんだ読売の細見をとりだした。

「見ろよ。金はともかく、年端《としは》もいかぬ小娘の女中まで傷物にするなど、まさに鬼畜の仕業《しわざ》だ。ここは男としてほうってはおけんぞ」

「うむ……」

読売細見に目を走らせている平蔵を横目で見て、伝八郎はさらに付け足した。

「しかも、武蔵屋は用心棒のほうは夜の五つ半（午後九時）ごろから、翌朝の七つ半（午前五時）まででいいといっておる。それで、一晩で一人頭二分は出すそうだぞ」

「なに、一晩で二分だと……」

平蔵、思わず目を瞠《みは》った。

「ああ、当節、用心棒の相場は食って寝て一日一分だそうだが、なにしろ武蔵屋は例の雲霧一味に狙われやせんかと怯《おび》えてのことゆえ、飛び切りの遣い手を頼みたいといっておるのよ」

伝八郎は茶をがぶりと飲むと、平蔵の顔を目ですくいあげた。

「それに、どこで聞いたか知らんが、例の伊皿子坂《いさらござか》の一件を耳にしたらしくてな。伝手《つて》を頼って、おれのところに話をもちこんできたというわけよ」

伝八郎はにんまりした。

「なにせ、あのときは吉宗さまの危機一髪を救ったんだからの。雲霧一味の防ぎにはまたとない用心棒だと見込まれたわけよ」

「ちっちっ、見込まれたというより、きさまが売り込んだんじゃないのか」

「ン？　ま、それは、な。いずれにせよ、寝ずの番をするだけで一晩二分になる。こんな、おいしい話は滅多にあるもんじゃないから、きさまも乗るだろうと思ったんだがな」

伝八郎は残念そうにポンと膝をたたいた。

「しかも、向こうは一晩二人は頼みたいといっておるゆえ、柘植《つげ》さんと笹倉新八《ささくらしんぱち》もいれて四人なら、ちょうど一日交替でどんぴしゃりだったんだが、やむをえんか」

「ほう、柘植さんや新八も入るのか」

「うむ。なにせ、相手は雲霧一味ゆえ、よほど腕のたつ遣い手じゃないと頼めんからの」

伝八郎はちらっと平蔵を見やって、やおら腰をあげた。

「ま、三人でも、なんとかなるか。今日、明日という、急ぎの話でもないようだしな……」

「おい。伝八郎。ちょっと待て」

「ン……」

「だいたい、きさまはちいさいころから後出しジャンケンの癖があった。肝心のことを後から小出しにするのは、きさまの悪い癖だぞ」

「ううむ。そうだったかのう……」

顎髭を撫でて、空っとぼけた。

「そうよ。手当の金額も、柘植さんや新八を仲間にくわえる件も、それに夜半だけの用心棒仕事だということも、後出しジャンケンだったろうが」

伝八郎の剣はなかなかのものだが、弁口も達者なもので、迂闊《うかつ》に聞いていると後からしっぺ返しをくいかねない。

「なにしろ、こいつはハナから神谷を軸にと考えておったからの。イの一番にきさまを口説《くど》きにきたわけよ」

「ようわ……」

「な、四人なら、一晩二人ずつにすれば二日に一度の寝ずの番ですむ」

伝八郎の口弁には、ますます熱がはいってきた。

「しかも、昼間は家に帰れるから、医者稼業にさしさわることもなかろう。どうだ？」

「よし、わかった。その話、乗ったぞ」

「ようし、よし、そうときまれば、後は手打ちの一杯といくしかないの」

「おい、一杯やるのはいいが、あいにく、おれは目下のところ……」

「なぁに、勘定のほうなら心配はいらん。今夜はおれがもつ」

伝八郎、めずらしく二つ返事で胸をたたいてみせた。

　どうやら、武蔵屋から支度金をせしめてきたらしいなと思ったが、ま、それくらいはよし、としてやろう。

第五章　仁術か算術か

一

平蔵の住まいは大身旗本の妾宅《しょうたく》だったということだが、独り者にはもったいないほどの一軒家だった。

最近、右隣に越してきた男は頭を惣髪《そうはつ》にした四十年配で、山本仁斎《やまもとじんさい》という易者だということだが、出自《しゅつじ》は武士というだけあって肩幅もあり、上背は六尺（約百八十センチ）近い偉丈夫《いじょうふ》だった。

易者は武家あつかいだけに腰に小刀を帯びていて、言葉に北国の訛《なま》りがある。

山本仁斎は、おきねという耳の遠い六十婆さんを飯炊《めした》き女中に雇って、暮らしは悠々自適《ゆうゆうじてき》のようだ。

仁斎がここに越してきて間もないが、ときおり大きな荷を背負った男が訪れてくる。

小間物の担ぎ売りをしている商人で、伊三造という愛想のいい男だった。

伊三造だけではなく、山本仁斎のところには一癖も二癖もありそうな男女がしばしば出入りしている。

一方、左隣の住人は歌川閑齊《うたがわかんさい》という浮世絵師で、ときおり版元が訪れてくる。

閑齊は色白の優男《やさおとこ》で、芝居役者の似顔絵や、美人画を描いているらしいが、一番儲《もう》かるのは男女の艶事《つやごと》を描いた秘戯画だそうだ。

平蔵も十五、六のころ、生家の蔵のなかで艶本を見つけ、伝八郎と二人でわくわくしながら男女の秘め事に見入ったものだ。

閑齊の家には、版元が役者くずれのような男と、水商売らしい女を連れてくることがあった。

芸者でもなく、茶屋女でもなく、どうやら隠れ売春でもしているらしい女だった。

この版元は真っ昼間から、そんな男女にいろいろ注文をつけて色事をさせては、閑齊に見せてやっているらしい。

ときおり庭の向こうから何やら艶《なま》めかしい、さざめき声が聞こえてくる。

一度、閑齊が描きそこねたらしい紙が風に吹かれて、平蔵の住まいの庭に舞いこんできた。

庭におり、下駄をつっかけて紙を拾ってみると、どこぞの商家の内儀らしい年増《としま》の女が紅い腰巻きをめくりあげられ、白い太腿をあられもなくひらいている絵柄が目に飛びこんできた。

皺《しわ》をのばしてみると、女は髭面《ひげづら》の男の首っ玉に腕をからませて、羽化登仙《うかとうせん》の心地になっているという、たまげた図柄だった。

背後に杉林が描かれているところを見ると、街道での狼藉《ろうぜき》を描いた構図らしい。

女は白い喉をのけぞらせ、足首を男の腰に巻きつけている。

女の股間にめりこんだ男のものが、あたかも擂《す》り粉木《こぎ》のように太いのに呆《あき》れた。

これは、ただの浮世絵ではなかった。

——歌川閑齊は枕絵師か……。

隣人の思いもよらぬ正体を垣間見《かいまみ》て、平蔵は眉をひそめた。

——あの男、危ないことをしておるな……。

だが、筆づかいはなかなか達者なもので、平蔵が生家の蔵のなかで見つけた枕絵よりも、ずっと生き生きしている。

これだけの巧みな筆をもちながら、暮らしのために枕絵に手を染めざるをえない閑齊に憐憫《れんびん》の情を覚えずにはいられなかった。

さて、どうしたものかと思案していると、隣から版元らしい白髪頭の男があたふたと取り戻しにやってきた。

刷り上がったら一冊さしあげますから、どうぞ、ご内聞《ないぶん》にとぺこぺこ頭をさげた。

その斟酌《しんしゃく》にはおよばぬが、お縄にならぬように気をつけろと忠告してやった。

二

親友の矢部伝八郎にその話をしたら、きさまも惜しいことをしたな、と舌打ちした。

「歌川閑齊の浮世絵は、その道では高名だというぞ。ことに枕絵の直筆なら安くても十両や二十両にはなるはずだ」

「ほう……あの絵描きは、その道では有名なのか」

「ああ、歌川閑齊の枕絵本とくりゃ、版元の売り上げは一冊で百両はくだらんだろうよ」

「なにぃ……百両だと」

「きさまが、うまく閑齊をおだてて、一冊手にいれたら、おれが買い手を見つけてきてやる。うまくいったら二人とも当分は飲み代に不自由せんぞ」

伝八郎は捕らぬ狸《たぬき》の算盤《そろばん》をはじいて、にんまりした。

「な、その閑齊画伯とやらいう絵描きとせいぜい仲良くして、書き損じの絵でもいいから手にいれろ。たとえ反古《ほご》でも一枚で一両や二両にはなるはずだ」

「ちっ、意地汚いことをいうな」

「バカ。銭は汚く稼いで、綺麗に使う。これが世渡りのコツというものよ」

「ふふ、きさまから世渡りのコツを伝授してもらうとは思わなかったよ」

「なにをぬかすか。きさまやおれが、いつまでたっても梲《うだつ》があがらんのは綺麗事ばかりほざいているからだぞ」

「まぁ、な……」

梲というのは「卯建《うだつ》」が転じたもので、梁《はり》の上に立てて棟木《むなぎ》をささえる柱のことだ。

いうならば「梲があがらぬ」というのは頭をおさえつけられて立身ができない

という意味である。

伝八郎が道場の師範代で貰《もら》うのは月に五両だし、平蔵が医者稼業で月に二十両稼ぐことなど、夢の、また夢である。

「それにしては、あの閑齊どのは見たところ、きわめて、つましい暮らしぶりだと思うが……」

「なぁに、絵師は版元のあやつり人形みたいなものだからのう。たんまり稼ぐのは版元だけで、絵師はせっせと絵を描いても売り方を知らんのよ」

伝八郎、そういうことにかけては早耳らしく、うがった意見を披露《ひろう》した。

そういえば、平蔵が知っている浮世絵師の川窪征次郎《かわくぼせいじろう》は女体を描くのに自分の愛人を裸にして筆を走らせていた。

また、女ながらも浮世絵師になった雪乃《ゆきの》も、裸婦のさまざまな姿を描くためにみずからが裸になって、合わせ鏡におのが裸身を映して描いていたことを思い出した。

その後、雪乃は間もなく雅号を雪英《せつえい》と名乗って、内弟子もとり、ようやく一人前の浮世絵師として認められるようになっている。

絵師が男と女の睦《むつ》み合う姿態を描いて金を稼ぐのは、別段めずらしいことではない。

歌川閑齊が男女の交わりを描いていたとしても、ことさらに目くじらたてることでもあるまいと思った。

生き馬の目も抜くという世知辛《せちがら》い世の中では、濡れ手で粟《あわ》などという、うまい儲け口はそうあるわけではない。

雪乃も、閑齊も、生きていくためには御法にふれる、危ない綱渡りのようなこともしなくてはならないのだろう。

三

しかし、そんな平蔵の斟酌も伝八郎には通じっこない。

「ま、おれなら三両もよこせば、いつでも素っ裸になってやるがのう」

そんな平蔵の気持ちもよそに、伝八郎は小鼻をうごめかした。

「バカ。淫《みだ》ら絵を買うような客は、おおかたが好きものの男と相場はきまっておる。きさまがすっぽんぽんになった絵など、一文にもならんぞ」

平蔵は一笑した。

「ま、せいぜい、女房の前で裸踊りでもご開帳していろ」

「ちっ、女房相手にすっぽんぽんになったところで一文にもならんわ」

伝八郎は口をひんまげて舌打ちした。

「ともあれ、銭儲けにかけちゃ、商人《あきんど》にはかなわんさ。絵描きなんぞというのは職人みたいなもんだからな。せっせと絵を描いちゃ商人に貢《みつ》いでおるようなもんよ」

「ふうむ……きさまも、ずいぶん世故《せこ》に長《た》けてきたものだな」

「なにをぬかしやがる。きさまなんぞは、おれからいわせれば、世間知らずの見本みたいなものだぞ」

「ちっ！　おれの、どこが世間知らずだ」

「よういうわ。おのれの懐中はピイピイしているくせに、蛇骨長屋の患者からは治療費どころか、薬代もとらずに踏み倒されっぱなしだろうが」

「なにをぬかすか。医者は商人じゃないぞ。俗にも医は仁術というだろうが」

「おい。世の中、万事が銭次第だぞ。仁術なんぞと仙人みたいなことをいっておると、そのうち飯の食い上げになるぞ」

伝八郎の弁口には平蔵もかなわない。

「ともかくも、だ。病人や怪我人が貧しいからといって、素っ気なく門前払いにはできんのが医者というものだ」

「まぁ、そういうところが、きさまのいいところでもあるが、な……」

ものわかりのいい口をきいてから、えらそうに説教をたれた。

「世知辛い、この当節、仁術じゃ食っていけんぞ。医者も商売となりゃ、算術が肝心よ。しっかり算盤を弾いて稼ぐようにしろ。甘い顔をしてりゃ、患者がつけあがるだけだぞ」

「ちっ、きさまこそ餓鬼《がき》のころから、算盤を見ただけで頭痛がする口だったろうが」

「バカをいえ。算盤は苦手でも、銭勘定はきっちりしたもんよ」

伝八郎は威張って、胸をどんとたたいてみせた。

「おれは、きさまとちがって妻子四人を食わしている苦労人だからの」

「苦労人が聞いて呆れるわ。育代どのあっての、きさまだろうが」

「ちっちっ！　そういうきさまは、これまで何人もおなごに逃げられたじゃないか。すこしは、おなごの手綱《たづな》のとりかたを勉強しろ」

伝八郎、えらそうに訓示をたれて帰っていった。

四

伝八郎にいわれるまでもなく、町医者稼業というのは平蔵が思っていたよりもむつかしいものだった。

なにしろ、平蔵の診療所にやってくる患者のほとんどは、近くの蛇骨長屋に住んでいる貧乏人や、その子供たちである。

蛇骨長屋は傳法院《でんぽういん》の西側にある裏長屋で、家賃は月に銭五百文、一日あたり十七文、蕎麦《そば》一杯分と安い。

住人が毎日、共同厠《かわや》にひりだす糞尿《ふんにょう》は尻口《しりくち》といって、近隣の百姓が田畑の肥料にするため、月に二、三度は荷車に空《あ》き樽《だる》を積みこんで汲《く》み取りにやってくる。

この糞尿は店子《たなこ》一人あたり年に米一斗分になるが、これはそっくり大家の収入になるきまりになっていた。

裏長屋の住人は賃金の安い見習いの職人や、担《にな》い売りの小商人がほとんどだった。

また、なかには夜になると莫蓙《ござ》を抱えて五、六十文の銭で転び売春をする夜鷹《よたか》もいる。

また、傘《かさ》張《は》りや楊枝《ようじ》けずりなどの手内職で食っている浪人者もいる。

長屋の間口は約九尺、奥行きが二間余で、ガラリの障子戸を引きあけると、一畳半ほどの土間に竈《かまど》と水甕《みずがめ》、それに流し台がついていて、四畳半の寝部屋がある。

これは独り者の住まいで、六畳間に三畳間がついている夫婦者の住まいもある。

とはいっても、むろんのこと押し入れはなく、布団は部屋の奥に畳んであるだけだ。

どの長屋でも家族が顔をそろえて飯を食い、おわると布団を敷いて、さっさと眠る。

行灯《あんどん》の油を節約するため、夜更かしをする者はいない。

爺さんも、婆さんも、子供たちもいっしょにひしめきあって眠る。

とはいっても、夫婦とあれば夜の営みだけはしないわけにいかないため、望むと望まぬとにかかわらず子が授かる。

ほかに楽しみがないから、貧しければ貧しいほど夫婦の睦みあいに励む。

子供たちは両親の睦みあいを見聞きして育つから、門前の小僧習わぬ経を読むで、よしあしはさておき、どうしても早熟になる。

また、初子《ういご》はともかく、二人目、三人目と生まれてくると、それだけ暮らし向きはきつくなる。

そのため、産婆《さんば》の手を借りて腹の水子を始末したり、産み落としたばかりの赤子を夜中に捨てる者もいれば、泣く泣く川に流してしまうものもいる。

子おろしで繁盛しているのは中条流《ちゅうじょうりゅう》で、立て看板にも、「元祖・月水《げっすい》はやながし」と大書して、妊娠はしたものの、赤子が生まれると暮らしに困る女を客に稼いでいた。

川柳《せんりゅう》にも、「仕方なく立て看板の医者へ行き」と詠《よ》まれているように、子おろしは幕府も暗黙のうちに認めていたのである。

平蔵の診療所にやってくる蛇骨長屋の住人は、百文、二百文の安い診察代や薬代もツケにする者が多い。

いわば、蛇骨長屋は江戸に住む庶民の貧困を縮図にしたような一画でもあった。

平蔵のところにも腹の子を流したいといってくるものもいたが、子おろしは、人殺しとおなじだといって叱《しか》りつける。

子をおろすくらいなら、子を孕《はら》むようなことをするなというものだから、そういう妊婦は平蔵を敬遠してよりつかない。

　また、この界隈《かいわい》には子供が多く、子供たちは往来を遊び場にしているため、うるさいと怒鳴りつける者もいた。

　そういうとき、平蔵は子供がうるさいのはあたりまえだろうと逆ねじをかませる。

　町医者とはいっても、大身旗本の次男で、兄は公儀目付をしているし、本人も鐘捲流の遣い手として知られている。

　おまけに銭がなくても文句もいわずツケで治療、投薬をしてくれるから、子持ちの母親は平蔵をひいきにしてくれる。

　また、平蔵のほうも、どんなにツケがたまっている患者でも手抜きせずに治療するし、往診もする。

　また、やくざ者にも睨《にら》みがきくし、夫婦喧嘩《げんか》の仲裁もいとわない。

　乗物医者とちがって、徒《かち》医者の治療代や薬代は一分か二分ぐらいのものだ。

　平蔵のところに来る患者は治療代や薬代もツケにするような患者が多いから、平蔵の暮らしは一向に楽にならなかった。

第六章　人は情けの下に棲《す》む

一

その日、診療所には朝から患者は一人もあらわれず、平蔵は暇をもてあましていた。

暇つぶしに植木屋からもらった真柏《しんぱく》の盆栽《ぼんさい》を縁側にもちだし、如雨露《じょうろ》で鉢に水をやっていると、垣根越しに隣家の山本仁斎から声をかけられた。

「なかなか立派な真柏の盆栽ですな。枝ぶりもいいし、根張りもよく、ジンもシャリも磨きだされて一段と見栄えがする」

「ほう。いまジンとかシャリともうされたようだが、なんのことですか」

「なに、人でもうせばいわば白骨のことでござるよ」

「ほう、これが白骨ですか……」

「さよう。つまり枝の皮が禿《は》げて、芯が剝《む》き出しになって白骨のようになったのをジン、幹の皮が禿げたものをシャリと申して、盆栽では珍重される。いうならば盆栽の骨董品《こっとうひん》ですな」

「白骨が骨董品ですか……」

「なに、白骨といっても水を吸いあげて、生きておりますからな。葉も青々と茂る。その真柏なら樹齢は三十年、いや、樹齢四十年というところですか……」

「ずいぶんと盆栽におくわしいですな」

「なぁに、門前の小僧習わぬ経を読むの口でござるよ」

「と、もうされると……」

「なに、てまえの生国の越後は真柏の産地として聞こえた土地柄でしてな、軽輩の侍は盆栽を内職にしているものも結構おりました」

「ほう、盆栽を内職にねぇ……」

「いやいや、たかが軽輩の内職とはいえ、なかには一鉢で何十両にも売れる銘木もあるそうですぞ」

「ふうむ、みずから育てられるのですか」

「なんの、山奥深くにわけいって、綱を腰にまわして断崖《だんがい》絶壁に根をおろしている真柏や松を根こそぎはがしてくるのだそうです」

「ははぁ、まるで命がけですね」

「さよう。何事も大金を手にいれるには、危ない橋も渡る度胸がなければなりませんからな。海女《あま》が真珠《しんじゅ》をとるには海の底深く潜らねばならんのとおなじでござろう」

山本仁斎はなかなか博学らしく、うがったことをいう。

「その真柏はなかなかのものです。せいぜい丹精《たんせい》なさるがよい」

「いやいや、これは庭師からもらったものですが、それがしは手入れの仕方も知らぬ不調法者でしてな。せいぜい水をやるぐらいのことしかできませんよ」

「なんの、その真柏なら手入れなどほとんど無用……。水やりも二、三日に一度ぐらいで十分ですぞ」

「ほう……。ところで、どうしてまた、江戸へまいられたのですか」

「越後は米どころとはもうせ、背丈を超す雪に囲まれて暮らすのに嫌気がさしましてな。伜《せがれ》に跡目を譲ったのち、さっさと江戸に出てまいりました」

山本仁斎はほろ苦い目になった。

「ふうむ……なんとも羨《うらや》ましいご身分だ」

「なんの、傍目《はため》にはそうかも知れませんが、これという友人もなく、碁盤《ごばん》に一人で碁石を並べてみたり、暇つぶしに易者などしておりますが、あたるも八卦《はっけ》、あたらぬも八卦の口でござる」

「ほう。囲碁がお好きでござるか……」

「なに、好きと申しても、てまえはヘボ碁もヘボ碁、ザルの口ですが……」

「いやいや、てまえもザルもザルの口のヘボ碁でござるが、よろしければ一局、お手合わせを願えませぬか」

「おお、これは願ってもないこと……」

ひょんなことから二人は碁盤を囲むことになった。

さいわい、平蔵も退屈の虫を嚙《か》みころしていたところである。

碁盤を囲んでみたところ、いい手合いで、一勝一敗だった。

途中で由紀がやってきて、酒を酌《く》み交《か》わしながら三番碁を打ち始めた。

二

時の鐘が九つ（午前零時）を打つのが聞こえてきた。

どこかで梟《ふくろう》の鳴く声が聞こえる。

梟は木菟《みみずく》とおなじく野鼠《のねずみ》や野兎《のうさぎ》などの小動物を獲物にして生きる猛禽《もうきん》だが、あの鳴き声は雄《おす》が雌《めす》をもとめる求愛だろうか。

浅草寺の片隅には大銀杏《おおいちょう》の老樹が聳《そび》えていて、二年前から銀杏の幹にできた空洞《うろ》に雌の梟が巣作りし、この春、雛《ひな》が生まれた。

梟は坊主頭で、見た目は愛嬌《あいきょう》のある顔をしているが、夜行性で肉食の鳥である。上空から羽音もたてず滑空し、獲物に襲いかかり、鋭い爪で一撃して仕留める夜の狩人である。

浅草寺の屋根に群がる雀《すずめ》や鳩《はと》などは梟の格好の餌食《えじき》になっている。

平蔵は腕枕にかかえこんだ由紀の乳房を慈《いつく》しむように愛撫していた。

子を産んだことのない由紀の乳房はさほど大きくはないが、すこしのゆるみもなく手鞠《てまり》のように、掌《てのひら》のなかでよく弾む。

女将として「おかめ湯」を仕切る由紀は、あるとき足を傷めて平蔵のところに治療に通ってくるうち平蔵の身の回りの世話をするようになり、まもなく平蔵とわりない仲になってしまった。

しかし、「おかめ湯」には釜焚《かまた》きの六兵衛《ろくべえ》や為吉《ためきち》、下足番や垢《あか》すりの松造《まつぞう》、女中のお寅《とら》、お菊《きく》、お辰《たつ》、それに伯母の松江など、長年働いている者もいる。

平蔵のほうにも蛇骨長屋の住人や、下町の職人や小商人《こあきんど》たちなど、何かというと頼りにしてくれている人びとがいる。

また平蔵には、これまで波津、篠と二人も妻に娶《めと》ったものの、いずれも余儀ない事情で平蔵のもとを去っていったといういきさつがあった。

これまで平蔵は、剣士として何人もの剣客から勝負を挑まれ、やむなく斬《き》り伏せてきた業《ごう》を背負っている。

いつ野末の果てに屍《かばね》を晒《さら》してもおかしくはない身だ。

由紀もそれらのことは承知のうえで、平蔵と結ばれた。

——女にも女の一期《いちご》一会《いちえ》がございます。たとえ、お別れの日がこようとも、とりみだすようなことは決していたしませぬ。

そう言い切るような女だった。

以来、由紀は［おかめ湯］と平蔵のもとを行き来して過ごしている。

由紀は朝、まだ夜の明けぬうちにそっと床を離れると、寝間着のままで台所に立つ。

昨夜、研《と》いでおいた米を釜に移し、竈《かまど》にかけて焚きつける。

そのあいだに味噌汁《みそしる》をつくり、塩鮭《しおざけ》か鯵《あじ》の干物を火であぶって、朝飯の支度をとのえてくれる。

　そして、夜の明けるころに［おかめ湯］にもどっていくという、まるで通い妻のような日々を送っている。

　平蔵はこれまで、何人もの女と枕をかわしてきたが、一人として長続きした女はいなかった。

　いずれも生家の都合や、やむない事情で別れざるをえなかった。

　一人住まいをするようになったころ、公儀の女忍《によにん》をつとめる、おもんと深い仲になった。

　しかし、忍びの女は公儀の呼び出しがかかれば、他国に向かう宿命にある。

　いつも、平蔵が眠っているあいだに何処《いずこ》ともなく去っていった。

　はじめて妻にした波津は、九十九《つくも》郷《ごう》の郷主の跡目を継がざるをえなくなって故郷に去ってしまった。

　二度目に娶った篠は流産が祟《たた》って、産褥熱《さんじょくねつ》に冒されたあげく、亡くなってしまった。

　もはや、妻は娶るまいと平蔵はこころにきめている。

三

神谷平蔵が住まい兼用の診療所として借りている一軒家は、浅草の田原町三丁目の角を右折した東本願寺《ひがしほんがんじ》の裏通りに面した、誓願寺《せいがんじ》門前町《もんぜんまち》の一角にある。

家主は篠山検校《しのやまけんぎょう》といって、流しの按摩《あんま》から身を起こし、金貸しで莫大《ばくだい》な富を築きあげたという異色の人物である。

かつては、ずいぶんと阿漕《あこぎ》な取り立てもしてきた男だそうだ。

しかし、今は食いつめた夜鷹《よたか》や貧乏人を屋敷内の長屋にひきとって、それぞれに仕事をあたえて面倒をみるという善根をほどこしている。

平蔵が千駄木《せんだぎ》の借家を火事で焼け出されたとき、この一軒家を家賃なしで提供してくれたのが篠山検校だった。

南側には、東本願寺の銀杏の老樹が夏になるとみずみずしい若葉を茂らせ、東側には傳法院の杉の老樹が聳《しょうたく》えている。

この家は旗本の隠居が妾宅《しょうたく》として建てたものだけに、造りはしっかりしていた。

しかも、裏庭には五葉松《ごようまつ》やモッコク、紅葉《もみじ》などの庭木もあるし、サツキや楓《かえで》などの植え込みもある。厠《かわや》の前には手洗いの蹲《つくばい》も据えられているし、掘り抜きの井戸もある。

貧乏医者には過ぎたる住まいだった。

今日も朝から患者は一人もなく、暇をもてあましていた。

だからといって、医者という商売は「どこか具合の悪い病人はござらんか」と近所に御用聞きに回るわけにもいかないという、なんとも不便な稼業である。

おなじ医者でも大名家や大身旗本、大店《おおだな》の商人などを得意先にもっている医者は駕籠《かご》に乗って御機嫌うかがいに出向くらしい。

むろん、相手が少なからぬ往診料と駕籠代をくれることをあてにしてのことである。

近所の者に陰口をたたかれてはいるものの、そんな駕籠医者の懐《ふところ》具合はなかなかあたたかいらしい。

なかには立派な檜造《ひのきづく》りの門戸をはって、裏でこっそりと金貸しに元手をまわして利子を稼いでいる医者までいるという。

四

平蔵が医学の師と仰いでいるのは小石川《こいしかわ》の伝通院《でんづういん》前に診療所をひらいている小川笙船《おがわしょうせん》で、笙船先生は貧しい人びとも、裕福な人も変わりなく診察、治療する。

ただし、貧しい人は無料にするかわり、金持ちからは容赦なく高額の治療費をふんだくっている。

できれば平蔵もそうしたいが、残念ながら金持ちの患者は一向にあらわれないのが現状だった。

平蔵の診療所に足を運んでくるのは担《にな》い売りの小商人や、日雇いの職人と、その家族たちばかりだった。

大工の女房のお房《ふさ》などは、一度、たかが百五十文の診察料をツケにしてほしいといったあげくに、「だって、せんせいはお医者よりも剣術のほうで、たんまりとお稼ぎになってるそうだもの」と嫌みなことをほざいたことがある。

「なにぃ、そのようなことをぬかしたのはどこのどいつだ」

目を三角にしたら、駄法螺《だぼら》の出所は平蔵の竹馬《ちくば》の友である矢部伝八郎だという。

――ちっ、あやつめ！　ろくなことをいわん……。

舌打ちしたものの、まるきりのでまかせというわけではなかった。

これまで小判を手にしたのは、医者とは畑ちがいの用心棒役を引き受けたときに貰《もら》った礼金ぐらいのものだ。

いくら病人や怪我人の治療をしても、ツケにされたり、下手《へた》をすると踏み倒されかねないのが現状だった。

たまに羽目《はめ》をはずして飲んだりしたら、まちがいなく金欠《きんけつ》になる。

昨日の残飯に湯をぶっかけて沢庵《たくあん》をかじってかきこむだけならまだしも、しばしば、その日に炊《た》く米にもこと欠くことがある。

さいわい今は、由紀が平蔵が食いっぱぐれないようにと、なにかと気を遣《つか》ってくれるおかげで、なんとか食いつないでいるというのが現状だった。

そもそも医者という稼業は、ひたすら患者がきてくれるのを待つしかない難儀な稼業である。

せんせいなどと呼ばれているものの、内情は日雇いの人足《にんそく》の暮らしと、さして変わりはない。

ただし、この篠山検校の持ち家は、家賃なしで住まわせてもらっているから助かる。

五

篠山検校は、流しの按摩をしながら烏金《からすがね》という高利の金貸しをして稼いだ金を朝廷に献金し検校位を授かったという、したたかな人物である。

烏は鳶《とび》や鷹《たか》のような猛禽類に近い鳥である。

鳶や鷹は人里離れた森に巣をもつが、烏は寺の堂塔のうえでも平気で巣を作る。いわば口にはいるものなら何でも餌にしてしまう雑食の生き物である。

ほとんどの鳥は鳥目といって、夜は視力がなくなるから餌を捕るのは昼だけである。

鳶や鷹は町や田畑のうえを飛行しながら、眼下に餌になる蛙《かえる》や鼠、雀、兎やミミズなどの生き物を見つけては急降下して鋭い爪と嘴《くちばし》で一撃し、巣に運んでは孵化《ふか》した雛に与えて育てる。

飢えるとおなじ鳥の仲間の鳥でも餌にしてしまうし、堅い皮に包まれた胡桃《くるみ》や、貝類でも殻《から》を割って食べてしまう。

鳶や鷹は人を恐れて近づかないが、烏は人里が餌の宝庫であることを知っていて、あえて人里の近くに生息する。

高利貸しの金を［烏金］と呼ぶのは、その日の仕入れのために借りた金を、烏がカァと鳴く翌日の早朝までに利子をつけて返さないと、布団や着物も容赦なく剝《は》ぎ取られてしまうからである。

篠山検校は金貸しで検校位を授かったが、それからは一転して、大金を大名家や商人に貸しつけて利息を稼ぐかたわら、貧しい人びとには惜しみなく救いの手をさしのべるようになった。

それまでの罪滅ぼしのためとはいえ、篠山検校は今や下町の貧しい人びとにとっては、神や仏にもまさる有徳《うとく》の人物とあがめられている。

平蔵の剣友でもある笹倉新八は、窮地を救われて篠山検校に心服するようになり、以来、検校屋敷の用心棒になっている。

間もなく笹倉新八は盲目の検校の日常の世話をしていた女中頭《がしら》を妻にし、夫婦ともども屋敷に住み込むようになった。

数年前、平蔵はふとしたことから凶悪な盗賊の一味が篠山検校の屋敷を襲おうとしていることを知った。

すぐさま平蔵は、矢部伝八郎ら数人の剣友とともに検校屋敷のなかで待ち受け、その盗賊の一味を一網打尽《いちもうだじん》にした。

そのことを徳とした検校が、火事で平蔵が焼け出されたとき、浅草の持ち家を家賃なしで提供してくれたのである。

「鮎《あゆ》は瀬につき、人は情けの下に棲《す》む」という古い里歌《さとうた》があるが、いまの平蔵には身にしみる鄙歌《ひなうた》である。

六

同じころ──。

水戸家下屋敷と三囲稲荷社の狭間《はざま》にある農家では、仁左衛門が数人の女に酒肴《しゆこう》を運びこませていた。

「この家には酒も女もたっぷり用意してある。いいな、あちこち出歩いてうろちょろするんじゃないぞ」

女たちは二十歳《はたち》前後の器量よしだが、いずれも本所界隈《かいわい》で隠れ売女《ばいた》をしていた女たちだった。

隠れ売女というのは家の畑で採れた野菜や、干し芋《いも》などを売り歩きながら、男に誘われると四、五百文から一朱、二朱の小銭で、安直に抱かれる女である。

本所のはずれには野良着に藁草履《わらぞうり》、手ぬぐいで頬かぶりをして街道沿いで客を物色し、近くの林のなかや、川べりの草むらで肌身を売る女たちもすくなくない。

なかには父親や亭主が客を拾ってきては、娘や女房が客に抱かれているあいだ、表で張り番をしていることもある。

吉原《よしわら》に身売りすれば年季が明けるまで身を縛られるが、隠れ売女は暮らしが楽になれば嫁に行くこともできる。

いうなれば一時しのぎの売春だから、肌身は荒れていないし、思いもよらぬ拾いものの女もいた。

仁左衛門はそういう女たちのなかから、器量よしの女を拾ってきて、隠れ宿の女中に雇っていたのである。

女たちが子分に酒をついでまわったころを見計らい、女たちを台所に下がらせると、仁左衛門は一味の者を見渡した。

「よいか、われらが次の獲物は神田《かんだ》で呉服屋をしている［橘屋《たちばなや》］と、浅草で両替商をしておる［武蔵屋］だが、橘屋は鏨《たがね》の三次郎《さんじろう》に、武蔵屋のほうは狢《むじな》の吾平《ごへい》にまかせるとしよう」

「わかりやした。もう、橘屋には引き込みの女中をいれてありやす」

　甃の三次郎がうなずいた。

「神田じゃ老舗《しにせ》の呉服屋ですが、番頭も手代も通いで、店には主人夫婦と住み込みの女中が三人と、男は餓鬼《がき》の小僧が一人でやすから、濡れ手に粟《あわ》ってところでさ」

「うむ。ただし、神田は店が軒をつらねている繁華な町だ。そこのところを気をつけて手早く片づけろ」

「へい、まかせておくんなさい」

「もうひとつの武蔵屋のほうは、江戸では名代の両替屋だが、どうやら用心棒に腕のたつ剣客を雇うらしい。この用心棒の始末は、松永さんにおまかせするとしよう」

　仁左衛門が、部屋の隅にあぐらをかいていた松永鎌之助に目を向けた。

「武蔵屋の用心棒は神谷平蔵という町医者だが、この男は鐘捲流の佐治一竿斎の秘蔵っ子といわれていたそうだ」

　それまで双眸《そうぼう》をとじていた松永鎌之助が、じろりと仁左衛門を見やった。

「お頭の浅草の隠れ宿の隣にいるのが、その神谷平蔵だそうですな」

「うむ。どんな男か、この目で見ておこうと思ってな……」

仁左衛門の目が糸のように細く切れた。

七

「早くいえば、見たまんまの男だな。表もなければ裏もない。あの男は思ったことをいい、思ったままに生きておるようだ」

「なんとも、気楽な野郎ですねぇ」

藍の三次郎がへらへらと笑った。

「ふふ、気楽といえば気楽だろうが、人というのは少しでも人によく思われようとするものだ。ところが、あの男には、そういうところが微塵《みじん》もない。……ま、この世知辛《せちがら》い当節、めずらしい男よ」

「へぇえ、そいじゃ、すっぽんぽんの丸裸みてぇなもんですね。おなごの丸裸ならおもしろうござんすが、すっぽんぽんの男なんぞ、阿呆《あほ》みてぇなもんじゃねぇですか」

三次郎が小馬鹿にしたような口ぶりで、せせら笑った。

「馬鹿野郎！　飾りっ気のない男ほど、隙が見えんということだ」

仁左衛門は苦笑した。

「いいか、表裏がない男ほど、つけこむ隙がないというが、おれが、あやつと剣を取って立ち合っても、おそらく斬りこむ隙など滅多に見せんだろう」

仁左衛門は腕組みして、目を糸のように細めた。

「あやつが剣を遣《つか》うところは見たことがないが、たしかに、吉宗が惚《ほ》れ込んだだけのことはある剣士と見たな」

「…………」

「しかも、これまで、もう、何人もの遣い手が、その神谷平蔵に立ち向かってやられたと聞いている」

「ほう……」

「しかも、この神谷平蔵には、手強《てごわ》い遣い手が何人も仲間についているという。もう、何年も前のことだが尾張藩《おわりはん》の刺客《せっかく》が、吉宗の命を狙って伊皿子坂で襲ったことがある」

「ああ、それなら聞いたことがある。たしか何人かの浪人者が刺客から吉宗を守ったそうだが、それが神谷平蔵というやつの仲間だったのか」

松永鎌之助の顔がかすかに緊張した。

「いいか。この神谷平蔵という男は、とてものことに、並の遣い手では歯が立つ相手じゃない」

仁左衛門は鋭いまなざしで一座の者を見渡した。

「とはいえ、武蔵屋は江戸でも五本の指にはいる分限者《ぶげんしゃ》だ。常時、三万から五万の小判を動かしている両替屋だ。雲霧の名にかけても見逃すわけにはいかぬ」

仁左衛門が松永鎌之助のほうに目を向けて、問いかけた。

「松永さん、そういうことだ。神谷平蔵だけはあんたに片づけてもらうしかあるまいな」

「いいとも……」

松永鎌之助はおおきくうなずいた。

「おれも神谷平蔵という男、一度は立ち合ってみたかった相手だ。やつの始末は、おれにまかせてもらおう」

仁左衛門は背後の金箱から二十五両の包み金を四つ、鷲《わし》づかみにすると松永鎌之助の膝前に滑らせた。

「これを前金にして、腕のたつ浪人者を集められるだけ頭数をそろえてもらおうか」

「よかろう……」

松永鎌之助は無造作に四つの包み金をつかみとった。

「江戸には諸国から浪人者が集まってきている。やつらは金に飢えておるからな。小判を二、三枚もつかませれば、腕ききの五人や六人は集められよう」

「よし、まずはとりあえず橘屋を先に片づけることにしよう」

仁左衛門は目を、お蝶に向けた。

「神谷平蔵の動きを探るのは、おれより女のほうがよかろう。おまえにまかせる」

「ええ、よござんすよ。あたしは、そういう手強い男を手なずけるのが、いっち好きな口ですからね」

「ふふふ、下手《へた》をすると木乃伊《ミイラ》取りが、木乃伊になりそうだな」

「さぁ、どうですかしらねぇ……」

お蝶は楽しそうに囀《さえず》った。

「ともかく、おまえの塒《ねぐら》は浅草寺前に用意しておいたから、神谷平蔵に近づくにも都合がよかろう。何か口実をつけて、やつのところに出向いて、ようすを探ってみることだな」

「その男は、お医者だそうですね」

「うむ。藪《やぶ》か、名医かはわからんが。蛇骨長屋の貧乏人たちには、結構たよりにされておるらしい」

「あら、ま、変わり者なんですね」

お蝶はにんまりとほほえんでみせると、着物の帯をといて赤い腰巻きひとつになり、白い背中を向けた。

「じゃ、医者のところにゆけるように、ひとつ細工しておくんなさいな」

「よかろう……」

仁左衛門はかたわらの大刀を抜きはなつと、お蝶の真っ白な腰のあたりを、切っ先で無造作にすっと薄く切り裂いた。

二寸余の切り口にすっと赤い血がにじみだしたが、お蝶は顔色ひとつ変えることはなかった。

「これで、神谷平蔵のところに出向く、いい口実ができましたよ」

お蝶は涼しい顔で笑みをうかべた。

「あたしの肌身をみたら、どんな堅物でも鼻の下をのばして、くらいついてきますよ」

「ふふ、おまえの色仕掛けがきくようなやつならいいんだがな」

「もしかしたら、あたしのほうが本気で惚れちまったりして、ね」

「ほほう……おまえは昔からいかもの食いだからのう」

「お頭の前ですがね。あたしはそういう変わり者をしゃぶるのが楽しみなんですよ」

「しゃぶるつもりが、逆にしゃぶられるということもあるぞ」

「あら、あたしも一度でいいから、気が遠くなるほど男にしゃぶられてみたいわ」

「こいつめが」

「だって、お頭もすぐころぶようなおなごを抱いてみたいとは思わないでしょう」

「まぁ、な……」

仁左衛門は苦笑いした。

第七章　櫛巻《くしま》きお蝶《ちょう》

一

　お蝶は洗い髪を黄楊《つげ》の櫛《くし》に巻きつけ、赤い紐《ひも》でくくっただけで、化粧っ気ひとつない素っぴんのままだった。

　武蔵屋のようすを探るため、三日前に浅草寺前の花川戸町《はなかわどちょう》で三味線《しゃみせん》と小唄の師匠の看板をかかげたのである。

　お蝶は足袋《たび》も履《は》かず、素足に下駄をつっかけたままで、浅草広小路の大通りを田原町のほうに向かった。

　櫛巻き髪に黄八丈《きはちじょう》の単衣物《ひとえもの》、黒い繻子《しゅす》の帯という姿だが、その婀娜《あだ》っぽい姿は往来の男たちの目をひきつける。

　櫛巻き髪というのは髪を櫛に巻きつけて結う髪形で、切り前髪とともに伝法《でんぽう》な江戸女が好む髪形でもある。

「おい、みねぇ。あれは花川戸で三味線の師匠をはじめた、お蝶とかいう女だぜ」

「いいねぇ。ぐっとくるような腰つきをしてやがる」

「よしねぇ。ああ見えても滅法界《めっぽうかい》、気の強い鉄火肌《てっかはだ》の女らしいからな。下手《へた》にちょっかいでもだしたら、肘鉄《ひじてつ》くらって、赤っ恥をかかされるのがオチさ」

そんな男たちには目もくれず、お蝶は涼しい顔で広小路をつっきり、田原町の角を曲がって誓願寺の門前町に向かった。

角から二軒目に——病金創《きんそう》（刃物傷）・骨折・腫物《はれもの》よろずやまい治療所——と大書した古びた看板がかかっていた。

よろずとは「なんでもや」ということでもある。

——ふふ、見たところ、あんまり、はやっちゃいない医者らしいね……。

お蝶は小馬鹿にしたような笑みをうかべると、障子戸をあけて薄暗い土間に足を踏みいれたが、家のなかは深閑《しんかん》としていて、まるで人の気配がしない。

「あら、ま、よろずやさんが、往診にでもいったのかしらね……」

上がり框《かまち》に手をついて、念のため訪《おとな》いをいれてみた。

「ごめんくださいまし……神谷先生はおいででしょうか」

「おう、おれは、ここだ、ここにおる。だれか知らんが、いま、ちょいと手がはなせぬゆえ、用があるなら裏にまわってこい」

あっけらかんとした声が奥のほうから聞こえてきた。

「いいんですか」

「おお、いいとも、遠慮はいらぬぞ」

手がはなせぬとはなんだろうと戸惑いながらも、お蝶はいわれるままに暖簾《のれん》をくぐり、玄関から台所につづいている土間に足を踏み入れた。

障子も開けっ放しの部屋の向こうの裏庭で、褌ひとつになって庭木のサツキを植え込んでいる男の背中が見えた。

ほかに人はいないところをみると、この半裸の男が神谷平蔵のようだ。

旗本の次男で、なかなかの剣客だと聞いていたが、どうやら気さくな男らしい。

お蝶はいわれるままに、土間をぬけて裏口から庭に出ていった。

元は旗本の隠居の妾宅《しょうたく》だったと聞いていたが、なるほど、それらしく五葉松《ごようまつ》やモッコクなどの庭木を植え込んだ築山《つきやま》に石灯籠《いしどうろう》や、蹲《つくばい》まで配した立派な庭である。

土塀の向こうには東本願寺の堂塔伽藍《がらん》の大屋根が聳《そび》えている。

掘り抜き井戸の近くに掘り起こしたばかりのサツキの根株が投げ出され、半裸の男が手ぬぐいで顔の汗を拭《ぬぐ》っていた。

褌ひとつの裸身に汗が噴き出している。

「あら、ま、大変な汗……」

「ふふふ、暇つぶしに庭木の植えかえをしてみたが、庭仕事というのは医者や剣術よりも存外にくたびれるものだ」

神谷平蔵は首にひっかけていた手ぬぐいでごしごしと汗をぬぐうと、井戸水を釣瓶《つるべ》で汲《く》みあげ、頭からザブリと浴びた。

「せんせいは剣術もなさるのですね」

「ああ、このところ道場のほうには無沙汰《ぶさた》しているが、ま、医者なんぞより剣術のほうがずんとおもしろいな」

「あら、せんせいは剣術がそんなにお強いんですか」

「なぁに、たいしたことはない。やればやるほどむつかしくなって、自分が弱いことがわかってくる。なんとも厄介《やっかい》な代物《しろもの》だ」

「じゃ、ちっとも、おもしろくないじゃありませんか」

「ふふ、だから、おもしろいのさ」

平蔵はにやりとした。

「しかし、いまどき剣術だけじゃ飯はなかなか食っていけぬからな」

「でも、お友達は剣術の道場をやっておいでだと聞きましたけれど……」

「ほう、よく知っておるな」

「あら、浅草じゃせんせいのことを知らないものはいないそうですよ。なんでも長崎帰りだそうですね」

「なに、長崎じゃ、廓《くるわ》通いにうつつをぬかしておっただけだ。なにせ、おなごというのは剣術や医術よりもあつかいにくい」

「ま、せんせいは噂《うわさ》では女出入りの忙しいおひとだとお聞きしましたよ」

「女出入りが忙しいのは、おなごが居着かぬからさ。その証拠にこのとおり、いまだに女ひでりの独り身よ」

　平蔵は濡れた手ぬぐいでごしごしと躰をぬぐうと、釣瓶の水をもう一杯、頭からザブリと無造作に浴びた。

　まぶしいほど筋肉が盛り上がっている肌を井戸水が玉粒になって流れ落ちる。

　しかも、全身のあちこちに凄《すさ》まじい刀痕《とうこん》がある。

「ところで、あんた、このあたりじゃ見かけぬ顔だが、どこに住んでおるんだ」

　冷水を浴びながら首をひねって、お蝶を肩越しにかえりみた。

「はい。三日ほど前に花川戸に越してきたばかりですが、小唄と三味線を教えている、お蝶ともうします」

「ほう、おちょうとは花にたかる揚羽蝶《あげはちょう》の蝶のことかな」

「ええ、亡くなった父親が初めての女の子だというんで、大喜びしてつけてくれた名前だそうなんですよ」

「うむ。おなごらしい、よい名だ。小唄に三味線とは、また粋《いき》な商売だが、引っ越しの挨拶《あいさつ》にでもこられたのかな」

「い、いいえ。それは、また、後日、あらためてご挨拶にうかがいますが、今日はちょっと、せんせいに治療をしていただこうと思いまして……」

「ほう……見たところ、いたって健《すこ》やかそうに見えるがの」

平蔵は濡れた躰を拭いながら、お蝶を一瞥《いちべつ》した。

「い、いいえ……ちょっと背中を出刃包丁《でばぼうちょう》で斬《き》られてしまいまして」

「それは、また物騒な話だな……もしかして、ご亭主と痴話喧嘩《ちわげんか》でもしたか」

「いいえ、あたしは独り身ですけれど、夜中に広小路で酔っ払った若い衆が喧嘩していところに通りかかって、その巻き添えをくっちまいましてね」

「ふうむ。そいつは災難だったな。で、いつ、やられた」

「一昨日《おとつい》の夜ですけど……」

「なぜ、すぐにこなかった。刃物傷というのは下手をすると破傷風《はしょうふう》になりかねん。甘くみちゃいかんぞ」

「ええ……でも、越してきたばかりでしたし、こんな近くにお医者さまがいらっしゃるとは知らなかったものですから」

「ふふふ、まぁ、乗物医者や蘭方《らんぽう》の医者なら田原町にも何人もいるが、そういう医者は目ン玉が飛び出すほどふくんだくるからな。おれがような貧乏人相手の医者は滅多におらぬよ」

「あら、ま、ご謙遜《けんそん》を……」

「ふふ、ふ、謙遜といえば格好はいいが、つまるところ、金のある患者は、おれがところなんぞにはこないということさ」

二

蘭方医は乗物医者ほどではないが、診察だけで銀十五匁《もんめ》から三十匁はするし、薬代は七日分で銀三十匁（二分）はとられるという。

大工の日当が銀四匁二分ぐらいのものだから、とてものことに、その日、その日の日当暮らしの貧乏人は乗物医者や蘭方医などにはかかれない。

「でも、近くのひとにうかがったら、せんせいは、この界隈《かいわい》じゃ一番の名医だと聞きましたよ」

「ははぁ、この、おれが名医か……そんなことをいっておるのは、その日暮らしのすかんぴんぐらいのものだぞ」

「じゃ、よござんした。あたしもおなごの一人暮らしで、その日暮らしのすかんぴんですもの」

「嘘をつけ。すかんぴんがそんな絹の上物《じょうもの》を身につけていられるか。おおかた金持ちの旦那《だんな》にでも買ってもらったんだろう」

「いやだ、もう……」

お蝶は艶《つや》っぽい目で睨《にら》んだ。

「小唄や三味線を教えるには、着物や帯に簪《かんざし》、髪結いなんかにも元手がかかりますからね。食べるものをつめても、身なりには気を遣《つか》っているんですよ」

「ふふふ、ま、よかろう。いま、診《み》てやるゆえ、すこし待っていろ」

「は、はい……」

「ついでに台所で湯を沸かしてくれぬか。水を浴びたら、熱い茶を飲みたくなった」

「え……あ、はいはい……」

「その前に、そこの洗いたての褌をちょいととってくれぬか」

「え……ああ、これですね」

物干し竿《ざお》に吊るされていた白い褌を取り込んで、平蔵に手渡した。

「おお、それそれ……なにせ、褌がびしょ濡れじゃ、気色悪いからの」

平蔵は後ろ向きになると、濡れた褌をはずしてすっぽんぽんになった。

股間から一物《いちもつ》がぶらりとさがっているのが丸見えだった。

——ま、おいしそうなお道具ね……。

お蝶はにんまりした。

——しゃぶるつもりが、しゃぶられたりしちゃってさ……。

お蝶の股間がずきんと甘く疼《うず》いた。

「すまんが、ついでに下着と着物、それに帯も頼む」

「はい、はい……」

なんとも人使いの荒い男である。

乾いた褌を手渡すと、平然と手ぬぐいでまたぐらを拭いて、新しい褌にしめかえた。

来る前に変わり者の医者だとは聞いていたが、まさか、患者を女中がわりに使ったり、患者の前ですっぽんぽんになって、褌を穿《は》き替えるとは……。

お蝶は呆《あき》れたが、どういうわけか不思議に腹は立たなかった。

お蝶が七輪《しちりん》で火を熾《おこ》し、お茶の支度をしているあいだに、平蔵は手早く藍染《あいぞ》めの診察用の筒袖《つつそで》に着替えた。

三

平蔵は濡れた髪の毛を束ねて無造作に紐で結わえると、お蝶の前にどっかとあぐらをかいた。

「さてと……ともかく、傷口を診せてもらおうか。ほかに患者はおらぬゆえ、ここでよかろう」

平蔵は診察室から持ってきた白布を座敷にひろげると、台所でお茶を淹《い》れているお蝶に声をかけた。

「あ、はい……」

お蝶は湯飲みを盆にのせ、上がり框にしゃがんで、土間に脱ぎすてた下駄をきちんとそろえて座敷にあがると、平蔵の前の白布のうえに正座し、頭をさげた。

「では、お願いいたします」

「傷は腰の上だともうしたな」

「はい。腰骨のうえの、このあたりなんですよ」

お蝶は左手をうしろにまわし、帯のすこしうえを手でおさえた。

「ふうむ。よく、帯がしめられたな」

「ええ、なんとか……」

「よかろう。だれもおらぬゆえ、気にせずともよいぞ」

「はい……」

お蝶はちらっと平蔵を見やってから、帯紐を解いてきちんと畳むと、腰巻きのままで白布のうえに俯《うつぶ》せになった。

平蔵は茶をうまそうにすすると、お蝶の赤い腰巻きを無造作に腰の上までたくしあげた。

婀娜っぽく、くびれた腰からつづく、むちりとした二つの臀《しり》の下から白い太腿がのびている。

骨盤から二寸ばかり上に油紙が絆創膏《ばんそうこう》で貼ってあった。

油紙をはずすと、血がしみついた二寸余の白布で覆《おお》われた傷口が見えた。

「うむ。さいわい、傷口は膿《う》んではおらんようだな……」

「ええ、すぐに三味線の弟子に頼んで焼酎《しょうちゅう》で何度も洗ってもらいましたから」

「おなごの弟子か」

「ええ、あたしは男の弟子は一人も取りませんの……あいにく独り身ですしね」

「それはよかったな。男の弟子にはこんなところは見せにくいだろう」

平蔵は俯せになったお蝶の尻をつかむと、傷口をあらためて眉をひそめた。

「おい、この傷口は出刃包丁なんかじゃない。歴《れき》とした刀傷だぞ。それも刀の切っ先で斬られた痕《あと》だ」

「え……」

「しかも、これだけ綺麗にすぱっと切り口がついているところを見ると、相手はよほど腕のたつ侍だろう」

「そんなことまでわかるんですか」

「あたりまえだ。刀傷は嘘をつかん」

平蔵は傷口を焼酎で洗いながら、うなずいた。

「あと二寸も深く切っ先が届いていたら、いまごろは、よいよいになるか、三途《さんず》の川をわたる羽目《はめ》になっていただろうよ」

「まさか……」

「何がまさかなもんか。あんたを斬ったやつは、相当な剣の遣い手だぞ。喧嘩を見ていて側杖《そばづえ》をくったといっていたが、ほんとのところは二本差しの旦那を怒らせて斬られかけたんじゃないのか」

「そんな……」

お蝶は一瞬、口ごもったが急いで否定した。

「あたしは、お侍に斬られるようなことをした覚えはありませんよ」

「ま、いいだろう。なにか、いいたくないわけがあるらしい。べつに、よけいな詮索《せんさく》をする気はないから心配するな」

平蔵は傷口を入念に焼酎で洗った。

「ま、傷口も綺麗だし、さほどの深手《ふかで》でもないから、縫わなくてもいいだろう」

「ま、傷口を縫うんですか」

「あたりまえだ。腹を斬られて腸《はらわた》がはみだしかけた侍の手当てもしたし、はみだした腸を元にもどして、切り口を針と糸で縫い合わせたこともある」

「そんな怖いこともなさるんですか」

「ああ、産婆《さんば》がいないときは赤子のとりあげもするし、斬り合いで手首、足首を切り落とされた怪我人の手当てもする、いわば何でも屋だな」

「ま……腕がいいんですね」

「なぁに、おれじゃなくても、外料《がいりょう》（外科）の医者ならだれでもするさ。ただ、おれは赤子のとりあげだけは苦手だな」

「あら、どうしてですか」

「きまっておろうが、おなごの股ぐらなんぞ男は見るもんじゃない。毛むくじゃらの赤貝なんぞ、まともに見たらげんなりするだけだからな」

「まぁ……」

「なにが、まぁ、だ。とりたての赤貝はしこしこして歯ごたえがいいし、酒の肴《さかな》にはなかなか乙《おつ》なもんだが、素性怪《すじょう》しい赤貝など口にしたら腹をくだすどころか、下手をすれば命にかかわりかねん」

「あら、素性怪しいって、どういうことなんですか」

「ふふふ、なにしろ、むかしから女の股座《またぐら》には魔物が棲《す》んでいるというからな」

「そんな、魔物だなんて、ひどいわ」

「ま、ここは旨《うま》いものには落とし穴があるという見本みたいなものよ」

ぴしゃぴしゃとお蝶の尻をたたいて、笑いながら腰をあげた。

「ま、十日もすれば治るだろう。ただし、当分は風呂にはいらんほうがいいぞ」

お蝶の傷口を洗いおわると、平蔵は膏薬を塗りつけた白布を傷口にあてがい、絆創膏で止めた。

「ともかく、いま、煎《せん》じ薬《ぐすり》をだしてやる。日に三度も飲めばいいだろう」

お蝶は傷の治療と、煎じ薬で一分二朱の代金を綺麗に払って帰っていった。

四

お蝶は長火鉢の前で頬杖をついて、ぼんやりしていた。

――もう、なんて男なんだろ……。

これまで、お蝶の色仕掛けにひっかからなかった男は一人もいなかった。

しかも、さぁどうぞ……といわんばかりにすっぽんぽんになって誘ってみたにもかかわらず、いいようにあしらわれてしまった。

あの男が女嫌いというのならともかく、これまで何人も女出入りがあったことはわかっている。

いまも［おかめ湯］の女将《おかみ》が三日にあげず、泊まりこんでは朝帰りをしているという。

あの由紀という女将は年増《としま》だが、なかなかの器量よしだし、あの男はほかにも女出入りが絶えないという噂である。

お蝶は腰巻きもはずし、尻をむきだしにさらして見せたのだ。

いわば女が、どうぞと据《す》え膳《ぜん》をしてみせたようなものだ。

それを、あの男は素性怪しい赤貝と揶揄《やゆ》したばかりか、旨いものには落とし穴があるなどとまで口にした。

――まさか、わたしが雲霧の女だと見抜かれていたわけじゃ……。

お蝶は疑心暗鬼《ぎしんあんき》の迷路でさまよった。

お蝶は雲霧一味のなかでも、内偵、たらしこみ、引き込みにかけては右に出る者はいないといわれている女である。

看取《かんど》りの伊三造もおなじような役割だが、相手が男、しかも剣の遣い手で、おまけに独り身の医者とくれば、お蝶のほかにたらしこみをかける者はいない。

これまで、どんな堅物でも、お蝶の色気の前ではいちころだった。

大身の旗本でも、唸《うな》るほど小判をため込んでいる商人でも、お蝶がちょっとコナをかけるとめろめろになって言いなりになった。

——それを、あたしがコナをかけても、平然としていた。

腰巻きまではずして、尻を丸出しにして、さぁ、どうぞ……と、いわんばかりの据え膳をしてやったのに手をださなかった男は、これまで一人もいなかった。

なんて唐変木《とうへんぼく》なんだろうと、お蝶はいまでも腹が煮える。

それは憎たらしいという感情とはちがい、むしろ悔《くや》しいという気持ちだった。

むろん、お蝶はこのまま引き下がるつもりは微塵《みじん》もない。

——たらしのお蝶の名にかけても、あの男がめろめろになるまで、とことんたらしこんでやらなくっちゃ……。

お蝶は生来、男の肌身なしではいられない淫蕩《いんとう》の質《たち》である。

それも役者のような白粉《おしろい》やけした美男よりも、筋骨たくましい男を見ると、五体の血が騒いでくるという女だった。

いつしか、お蝶は躰の芯がずきんと甘く疼いてきた。

お蝶の脳裏に素っ裸で水をかぶっていた神谷平蔵のたくましい五体が浮かんだ。

――あの男に一度でいいから、骨身がくだけるほど抱いてほしい。

もはや、自分が雲霧一味の女賊であるという意識は、お蝶の頭には毛筋ほどもなくなっていたのである。

第八章　寝ずの番

一

斧田同心がしきりに平蔵とくっつけたがっている［おかめ湯］の女将《おかみ》の由紀は、娘のころは江戸小町と呼ばれていたらしい。

江戸小町というのは顔立ちがいいというだけではなく、身ごなしに小粋《こいき》なところがあって、身綺麗でしゃきっとしている娘のことをいう。

［おかめ湯］は朝湯の客がひとしきり帰ってしまい、あとは家にいてもすることもない年寄り客が暇つぶしにやってくるだけになっていた。

年寄りの爺さんたちは、二階にある十畳間にあがって、湯上がりに将棋《しょうぎ》をさしたり、囲碁《いご》を打つのを楽しみにしている。

婆さんたちは無料の番茶をすすりながら、息子や嫁の悪口をいいあって暇つぶしをしている。

その日、由紀は番台を伯母にまかせて、湯屋と棟つづきの自室にもどると平蔵の浴衣《ゆかた》を縫いはじめた。

そこへ禅念寺《ぜんねんじ》の宗源禅師《そうげんぜんじ》がひらいている手習い塾からもどってきた太一《たいち》が勢いよく駆け込んできた。

「ねぇ、八百屋《やおや》のまぁちゃんと遊びにいっていい」

「ええ。でも、七つ（午後四時）の鐘が鳴ったら帰ってくるのよ。でないと夕ご飯は食べさせませんからね」

「うん。わかってるよ」

太一はうなずくなり駆け出しかけたが、振り向いて目をくりくりさせた。

「かあちゃんはお医者のとうちゃんちにゆくんだろ」

「そうよ。明日は三人いっしょにご飯食べましょうね」

「うわっ、いいな！」

太一はぴょんと跳ねて、手をたたくと飛び出していった。

「ま、あの子ったら……」

由紀の顔がうれしそうに笑み崩れた。

二

太一は両国の柳橋界隈《やなぎばしかいわい》で夜鷹《よたか》をしていた女が産んだ子である。

その夜鷹は浪人者の娘で尚乃《ひさの》というこころばえのいい女だったが、おなじ長屋に住んでいた弥市《やいち》という小間物の担《にな》い売りと所帯をもって太一を授かった。

しかし、弥市は尚乃が身ごもっているあいだに本所に住んでいた水商売の年増《としま》と浮気し、川越《かわごえ》のほうに逃げ出してしまった。

乳飲み子をかかえて途方に暮れた尚乃は夜鷹に身を落とした。

雨の降る夜、両国橋で傘もささずに客をもとめていたとき、たまさか通りかかった平蔵から夜鳴き蕎麦《そば》を馳走《ちそう》になったうえ、二分銀と上物《じょうもの》の塗り傘までもらった。

その、ちょっとした親切が忘れられず、尚乃は毎夜、その傘を平蔵に返そうと両国橋に出向いていた。

ところが運悪く梵天丸《ぼんてんまる》と名乗る凶悪な盗賊の一団に遭遇し、両国橋のたもとで斬殺《ざんさつ》されてしまった。

しかし、尚乃は死んでも傘だけは抱きしめていたのだ。

そのころ、平蔵はその梵天丸と斬《き》り合って受けた傷のため高熱を発し、おもんの隠れ宿で呻吟《しんぎん》していた。

傷が癒《い》えた平蔵は、斬殺された尚乃が塗り傘を抱いたまま死んでいたことを斧田同心から聞き、すぐにおもんといっしょに尚乃の長屋を訪れて、孤児となった太一を引き取ることにしたのだ。

まだ幼かった太一はすぐにはなつかなかったが、やがて平蔵をちゃんと呼ぶようになった。

だが、男手ひとつでは幼児の面倒は見切れず困惑しているところを、由紀が［おかめ湯］に引き取り、自分の子として育てるといってくれたのだ。

俗に産みの親より育ての親というように、間もなく太一は由紀をかあちゃん、平蔵をとうちゃんと呼ぶようになった。

平蔵の剣の師である佐治一竿斎が訪れてきたときも、太一はおじいちゃんと呼んでなついた。

平蔵は太一から、世の中には血の絆《きずな》よりも強く、ぬくもりのある絆があることを教えられたような気がしている。

以来、由紀は三日に一度は湯屋の仕事をおえて太一を寝かせつけてから平蔵のもとにやってくるが、明け六つの鐘が鳴る前には、床をはなれて［おかめ湯］に帰っていく。

そんな二人の仲を近所の人も陰口ひとつきかずに、みとめてくれている。

武士の街である駿河台《するがだい》や番町《ばんちょう》、小石川、赤坂《あかさか》あたりならこうはいかない。

そこが浅草や、本所界隈という庶民の街のおおらかなところだろう。

そのかわり浅草や本所には、何をして暮らしているのかわからない得体の知れない人間や、やくざ者も住みついている。

ことに浅草の広小路には大道芸人もいるし、芝居小屋も軒をつらねていて、飲み屋や飯屋、料理茶屋もある遊興の街でもある。

喧嘩《けんか》は日常茶飯事《にちじょうさはんじ》で、掏摸《すり》や、コソ泥、飲み逃げ、食い逃げにいたるまで、なんでもありの物騒な街だった。

その反面、浅草寺や東本願寺を中心に大寺小寺がひしめきあう寺町でもあり、北の浅草田圃《たんぼ》には吉原遊郭まである。

これまで平蔵はいろんなところに住んでみたが、この浅草がもっとも性にあっているような気がしている。

三

行灯《あんどん》のあかりを背にして、平蔵は濡れ縁にあぐらをかいて酒を飲んでいた。

肴《さかな》は晩飯の残りの煎《い》り胡麻《ごま》をかけた沢庵《たくあん》の千切りである。

四つ（午後十時）の鐘を打つ音が夜空にこだまして聞こえてきた。

涼風がここちよく肌をなぶる。

茶碗酒を飲みながら、沢庵を嚙《か》みしめていると、玄関で由紀の声がした。

「あら、もうお休みになったのかしら……」

「いや、なに、ちょいと月見酒をやっておるだけだ」

「ま、風流ですこと……」

由紀は笑いながら、土間をぬけて庭に出ると縁側に腰をおろした。闇のなかに湯あがりの肌がほのかに甘く匂った。

「先日、矢部さまとごいっしょに、武蔵屋さんのご主人が見えたそうですね」

「そなた、武蔵屋を知っておるのか」

「武蔵屋さんといえば浅草でも老舗《しにせ》の大店《おおだな》ですもの。この界隈で知らないものはおりませんわ」

「じつはな、その武蔵屋から伝八郎を通して、夜だけでよいゆえ、泊まり込みで用心棒を引き受けてくれぬかと頼んできたのよ」

「用心棒ですか……」

「ああ、伝八郎が武蔵屋に声をかけられて、一晩二分という約束で売り込んだのだ」

「ま、寝ずの番をするだけで一晩二分にもなるんですか」

「うむ。武蔵屋のほうで、二人が一組で一日おきに交代で泊まりこんでほしいといってきたからな」

「二人一組で寝ずの番を……」

「なに、寝ずの番といっても一人が起きているあいだに一人は仮眠をとれるし、一日おきだから躰も楽だしな」

「…………」

「武蔵屋のほうには、おれと伝八郎のほかにも、柘植どのと笹倉どのもいれて、四人で請け負うことにしてもらった」

平蔵は苦笑した。

「ま、柘植さまに、笹倉さままでごいっしょに……」

「ああ、二人とも剣の腕は折り紙つきだし、このところ退屈の虫をもてあましておったらしく二つ返事で引き受けてくれたよ」

柘植杏平《きょうへい》は尾張柳生流《やぎゅうりゅう》、笹倉新八は念流《ねんりゅう》の剣士で、これまでも、いくたびとなく平蔵や伝八郎とともに難敵を相手に刃《やいば》を交えてきた剣友である。

「なにせ、四人とも剣のほかには取り柄のない連中ばかりだからの」

「でも、一人二分で二人も頼めば一晩で一両、月に三十両にもなりますよ」

「なぁに、武蔵屋といえば月に何千両もの大金を動かしている大店だからな。三十両ぐらいの金は目糞鼻糞《めくそはなくそ》みたいなものだろうよ」

「…………」

「それに、どうやら、武蔵屋は例の雲霧一味に狙われやせんかと心配しておるようだ。なにしろ、飛騨屋の女房は亭主の目の前でなぶりものにされたらしいからの」

「ま……」

平蔵は眉尻をはねあげ、吐き捨てた。

「金を奪うだけならともかく、おなごをなぶりものにするなど鬼畜にひとしい輩《やから》だ。断じて許せん」

　由紀は身震いして、平蔵の胸に顔をすりよせた。

「案じることなど何もありはせんさ」

　平蔵は由紀の肩を抱きよせて、こともなげに笑った。

「凶賊といっても、たかが盗人《ぬすっと》だ。もし、今晩は、とやってきたら、一人残らず斬り捨ててやる」

「もう、そのような気楽なことをおっしゃって……」

「なぁに、気楽なものよ。武蔵屋のあつかいも、いたって丁重なものでな。夜食に晩酌《ばんしゃく》つきで、内風呂もある。まるで湯宿にでも泊まっておるようなものよ」

　平蔵は手を由紀の襟《えり》ぐりから差しいれると乳房を探りとって愛撫した。

「しかも、家で寝ていても一文にもならんが、武蔵屋に出向けば寝て、食って、一晩で二分の日当だ」

「ええ……」

「二晩で一両、ひと月もたてば十五両にもなる。伝八郎などは、雲霧の一味が当分のあいだお縄にならぬほうがよい、などと罰《ばち》あたりなことをほざいておるわ」

「武蔵屋さんも、ずいぶん物入りですわね」

「うむ。武蔵屋の女房は五十婆さんらしいが、長男の嫁が若女房のうえ、嫁入り前の娘も二人おるというからな。金に糸目をつけぬのであろうよ」

「…………」

「伝八郎は飲み屋のツケが悩みの種らしいが、おれは薬問屋のツケがある。雲霧さまさまというところよ」

「もう、そのような……」

夜のしじまのなかに隅田川を往来する荷船や、肥船《こえぶね》の櫓《ろ》が軋《きし》む音がかすかに伝わってきた。

四

――その夜。

九つ半（午前一時）を少し過ぎたころである。

内神田に店を構える呉服商［橘屋］に雲霧一味が侵入した。

内神田は東は大川《おおかわ》に面し、北側と南側は堀にかこまれた、江戸でも屈指の商業地帯である。

町のいたるところに水堀があり、西側は武家屋敷が甍《いらか》を連ねている。

橋屋の裏側は水堀になっていたが、賊は川船で水堀をたどり、裏口から侵入してきたようだった。

裏口には太い一寸角の閂《かんぬき》がかけられていたが、半月前に雇いいれたばかりのお糸《いと》という若い女中が閂を外して一味を招きいれたのだ。

お糸は下総《しもうさ》の百姓娘で丸顔の愛嬌《あいきょう》のある顔立ちだったが、十六のとき、庄屋の息子に納屋の奥で犯されてしまった。

お糸は泣きながら家に帰って父親に訴えたが、父親は、「庄屋さんに逆らったら村じゃ暮らしていけなくなる。それに、村にいても傷もんの娘に嫁の貰《もら》い手はないから、よそさ、いって働け」となけなしの銭を渡されて家を出た。

お糸は途方に暮れて江戸に向かったが、道中で出会って道連れになった親切な男に飯を食べさせてもらった。

その男は女衒《ぜげん》で、いっしょに泊まった旅籠《はたご》で夜中に抱きすくめられ、朝まで何度となく犯された。

その女衒はお糸に男と寝ても子を孕《はら》まないように、懐紙《かいし》を丸めて秘所の奥に指でおしこむことを教えた。

そのため、中指の爪だけは常に短く切っておけと念をおした。

やがて、お糸は女衒に売り飛ばされ、甲府《こうふ》、浜松《はままつ》、名古屋《なごや》などを転々としているとき、雲霧仁左衛門に拾われたのである。

仁左衛門はお糸を念入りに飼い馴《な》らしたあと、かねてから狙っていた内神田の橘屋が女中を求めていると知って、お糸を送りこんだのである。

お糸は愛嬌があり、きりきりとよく働くし機転がきくので、主人夫婦や店の者からも可愛がられた。

その日、お糸が店の表を掃除していると、仁左衛門の子分の伊三造が近づいてきて、さりげなく一味の指示を伝えた。

お糸は主人に、田舎の知り合いと会いたいから一刻（二時間）ほど外出させてほしいと頼んだ。

お糸はこれまで一度も休んだことがなかったため、主人はこころよく半日の休みをくれた。

お糸はしめしあわせていた伊三造と会って、連れ込み宿に入った。

伊三造は仁王のような荒事は苦手だが、女をあしらうすべに長《た》けている。

伊三造はお糸を丹念に愛撫しながら、二日後に一味が橘屋に忍びこむことを伝えた。

伊三造の伝言のとおり、雲霧一味は家の者が熟睡している八つごろ（丑三《うしみ》つ時）に侵入してきた。

そのころ、お糸は伊三造からいわれていたとおり、四半刻（三十分）ほど前から廊下の端にある内後架《うちこうか》（便所）にしゃがみこんだまま、息をひそめていた。糞尿《ふんにょう》の臭いはするし、蠅《はえ》や蚊《か》がうるさく尻や顔にまつわりつくのを、そっと手で追い払いながらしゃがんでいると、生きた心地がしなかった。

いきなり怒声がしたかと思うと、中庭の奥にある蔵部屋に寝泊まりしていた用心棒の浪人者が飛び出してきた。

浪人者が植え込みのある中庭で、雲霧一味を迎え撃つのが見えた。

刃と刃が鋭くからみあう音が響いた。

お糸が中腰になって覗《のぞ》いてみると、仲間の一人が橋屋に雇われた用心棒の浪人に刃で腕を切り落とされ、血しぶきをあげて斃《たお》されるのが見えた。

その用心棒はよほどの腕ききらしく、雲霧一味をつぎつぎに斬り伏せていった。

噴出した血しぶきが内後架のなかにいたお糸にまで降りそそいだ。

お糸は思わず声をあげかけたが、両手で口をおさえた。

そのとき、盗賊の一味のなかから松永鎌之助が仲間を片手で制止し、落ち着いた物腰で歩みだした。

それを見て、橘屋の雇われ浪人が刃をふりかざして斬りかかっていった。

刃と刃が嚙み合い、火花が散った。

——転瞬。

松永鎌之助は身を沈め、抜き打ちざまに刃を薙《な》ぎ払った。白刃一閃《はくじんいっせん》、血しぶきが闇に噴出した。

用心棒の浪人が虚空をつかんで、がくんと膝を落とすと崩れ落ちるのが見えた。

そのあいだに雲霧一味は千両箱を二人がかりで裏口から運びだし、水堀の船着き場に舫《もや》ってあった二隻の荷船につぎつぎに積み込んでいった。

その時、ようやく駆けつけてきた奉行所の同心や捕り方が、突棒《つくぼう》を手に雲霧一味に襲いかかってきた。

松永鎌之助は身をひるがえし、捕り方の前に立ちふさがると、阿修羅《あしゅら》のように刃をふるった。

捕り方の突棒を苦もなく撥《は》ねのけ、松永鎌之助は群がる捕り方をつぎつぎに斬り伏せていった。

しかも、その乱闘に雲霧仁左衛門がみずから刃をふるって捕り方に斬り込んでいった。

松永鎌之助がふるう刃と、仁左衛門の剛剣に斬りたてられ、さすがに捕り方も及び腰になり、じりじりと後退していった。

そのあいだに一味は千両箱を積み終わり、水堀に漕ぎだしていった。

松永鎌之助のまわりは斬り斃された捕り方の血潮でぬかるみのようになっていった。

お糸は厠《かわや》のなかで白い尻をむきだしにしたまま、へたりこんで身じろぎもできず、震えていた。

この夜、橘屋が奪われた金は五千両だったが、雲霧の一味は日を置かず、翌日の深夜、本所の刀剣商［大島屋《おおじまや》］を襲い、六千両もの大金を奪ったのである。

しかも金品だけではなく、刀剣好みで知られる西国の藩主から豪壮な薩摩《さつま》拵え《ごしらえ》にするよう頼まれていた、秘蔵の初代貞宗《さだむね》の大刀までが持ち去られていた。

いいわけが通らない不祥事《ふしょうじ》に絶望した店主は、その夜、蔵のなかで首を吊って自裁《じさい》を遂げてしまったのである。

南北両奉行所はもとより、火盗改も躍起となって雲霧一味の探索に奔走《ほんそう》したが、足取りはおろか、塒《ねぐら》も突き止められなかった。

いまや、雲霧仁左衛門の存在は幕府はむろんのこと、各藩邸や、大金をあつかう商人たちの恐怖の的となっていた。

五

――その翌日の暮れ六つごろ、浅草の諏訪町に店を構える武蔵屋に集まった平蔵たち四人は奥の広間に陣取った。

広間からは植え込みのある広い中庭を挟んで、白壁の蔵が二棟並んで見える。ひとつは家具や客用の道具類が収納されている蔵で、もうひとつの蔵には高価な家宝や千両箱が納められているという。

武蔵屋の得意先は大名や大身旗本も多いが、浅草界隈《かいわい》に密集している寺が一番の大得意ということだ。

伝八郎によると、なんでも武蔵屋の金蔵には千両箱だけでも十数箱、粒銀や銅銭などの小銭を合わせれば二万両はくだらないだろうという。

薬問屋からツケで借りている三両の借金に四苦八苦している平蔵にしてみれば、

二万両という途方もない大金を蔵に寝かせている武蔵屋茂兵衛《もへえ》も、何やら悪党の頭目のような気がしないでもない。

「それにしても武蔵屋も、われわれ四人をまとめて雇うとは豪儀なものだの」

柘植杏平が苦笑いした。

「なぁに、武蔵屋にしてみれば、いつ雲霧一味に襲われやしまいかと気が気じゃないんだ。いうなれば頑丈な錠前がわりのつもりだろうな」

伝八郎がうそぶいた。

「ともあれ、武蔵屋の裏の二棟もある土蔵には珊瑚《さんご》の細工物や、唐渡《からわた》りの青磁《せいじ》の壺《つぼ》なども、千両箱といっしょにわんさと山積みされておるというからのう」

「ふうむ。なるほど雲霧が目をつけるだけのことはあるな」

平蔵は思わず唸《うな》った。

「二万両といえば、千両箱で二十箱だぞ。おれの家なら床が抜けてしまうな」

「ふふふ、なんなら雲霧のかわりに、われわれ四人で千両箱をいただくという手もありますよ」

笹倉新八が片目をつぶってみせた。

「よせよせ、そんなことをしてみろ。今度は雲霧一味に狙われる羽目になるぞ」

平蔵がまぜっかえすと、新八はニヤリとした。

「いいじゃないですか。そのときは雲霧一味を片づけて、やつらの金をふんだくってやりますよ」

「ふふふ、こいつ、若いくせに太いことをいうな」

そこへ武蔵屋の女中が酒肴《しゆこう》の膳を運んできた。

小鯛《こだい》の塩焼きに芝海老《しばえび》の天ぷらまでついた結構な馳走《ちそう》だった。

「おちよともうします。今夜から、わたくしがみなさまのお世話をさせていただきますので、なんでもおもうしつけくださいまし」

まだ十六、七の小娘だが、きちんと挨拶《あいさつ》してひきさがっていった。

「うむうむ、おちよちゃんか。なんともかわゆい子だのう……」

伝八郎はにやついて見送ったが、柘植杏平は小首をかしげた。

「おい、それにしても、ちと話がうますぎやせんか。雲霧とかいうのは、たかが盗人だろう。いくらなんでも用心棒を二人一組で雇うというのは、ちと大袈裟《おおげさ》なような気がするが」

「たしかにな……」

平蔵も小首をかしげた。

「それに、一晩二分というのも用心棒の日当としてはちと高すぎる。世間じゃ、泥棒防ぎの相場は一日一分ぐらいのものだろう」

「うむ。二人一組なら武蔵屋の費《つい》えは一晩で一両にもなるからのう」

柘植杏平がうなずいた。

「今日、明日にも雲霧とやらが襲ってくるというのならともかく、いつ来るかわかりもせん泥棒防ぎのために、そこまで金をかけるかね」

「いいじゃないですか。向こうがくれるというのなら遠慮なくもらっておけばいいでしょう」

膳の上の小鯛の塩焼きを食べながら、笹倉新八は気楽に一笑した。

「江戸でも名代の両替屋なら、これくらいの接待は日常茶飯事だと思いますよ」

「そうよ。武蔵屋は浅草でも一、二を争う分限者《ぶげんしゃ》だ。なにせ、蔵には千両箱が鈴なりに積んであるのだからの」

伝八郎はなかば髭《ひげ》で埋まった角顔をつんだして、にんまりとした。

「おい。きさまは夜中に屋敷をうろつくなよ。その髭面を見たら若い女中が雲霧とまちがえて悲鳴をあげかねんぞ」

「ちっ、なにをぬかすか。こう見えても、おれは女中たちからもてもてなんだぞ」

どんと胸をたたいて、威張ってみせた。

六尺近い巨漢の伝八郎が、でかい髭面で意味ありげに笑うと、なにやら盗賊の親分がほくそ笑んでいるように見える。

ともあれ、平蔵と伝八郎、柘植杏平と笹倉新八が組んで日替わりで交代することにした。

六

柳島村《やなぎしまむら》の検校屋敷にいる笹倉新八と、小日向《こひなた》に借家住まいをしている柘植杏平が、今から帰宅するのも面倒だというので、今夜の当番はふたりが務めることになった。

柘植杏平がみずから会得したという［石割《いしわり》ノ剣］は平蔵も瞠目《どうもく》する冴《さ》えがあり、いまや、井手甚内が師範をしている道場で、伝八郎とともに師範代をしている。

また、笹倉新八の念流は伝八郎もたじろぐほどの腕前だった。

今夜の当番を柘植杏平と笹倉新八のふたりにまかせて、平蔵と伝八郎は帰途についた。

　武蔵屋から手付けの礼金が一両ずつ渡されたので伝八郎は上機嫌だった。

「な、寝ずの番といっても交代で眠れるうえに晩酌《ばんしゃく》つき、朝飯つきで月十五両にもなる。当分は飲み代に不自由はせん。ま、タナボタみたいなものよ」

「しかし、雲霧一味には滅法腕のたつ浪人者がいるらしいぞ。なにせ、昨夜も内神田の呉服屋が襲われて、用心棒に雇われていた侍が、手もなく斬られたというからな。われわれも油断はできんぞ」

「なぁに、盗人の雇われ浪人など、たかが知れておる。まとめて成敗してやるさ」

　伝八郎は気勢をあげた。

「ともかく、きさまとはひさしぶりだ。前祝いに一杯やろう。今夜はおれが奢《おご》る」

「ははぁ、きさまが奢るというところをみると、例の［鳥源《とりげん》］だな」

「ン、まぁ、な……このところツケがたまっておったが、この手付けの一両でチャラにできるというもんよ」

　伝八郎、照れ隠しにつるりと顎《あご》を撫《な》でた。

　［鳥源］は浅草広小路にある飲み屋で、そこのおみつという女中に伝八郎は入れこんでいた。

　おみつはまだ二十歳《はたち》前後の小娘だが、伝八郎好みのむっちりした胸と、手鞠《てまり》のような臀《しり》をした可愛い娘である。

しかし、［鳥源］に寄ると、遅くまで引き止められるのが目に見えている。

「おい。悪いが、今日は勘弁しろ」

「なんだ、なんだ。つきあいの悪いやつだな」

「ふふふ、ま、おみつとせいぜい、いちゃついてこい」

せっかく手金《てきん》にもらった一両は薬問屋のツケにまわさないと、またまた由紀が支払う羽目になりかねない。

なにせ、由紀は太一を引き取ってくれて、ゆくゆくは［おかめ湯］の跡継ぎにしたいと言ってくれているのだ。

それだけでも、平蔵は由紀におおきな借りができたと思っている。

あまり由紀に負担をかけると、斧田のセリフじゃないが、それこそ［おかめ湯］のヒモになりかねない。

それだけは一人の男として、なんとしても避けたかった。

第九章　女忍《にょにん》おもん

一

——その数日後。

武蔵屋のほうは明け番になって暇ができた平蔵は、帰宅して昼近くまで熟睡したあと、近くの浅草寺境内《けいだい》に散策に出かけた。

浅草寺は江戸随一の大寺院で、その敷地は大名屋敷をいくつも合わせたほど広大なものである。

創建以来、何度も大火に見舞われてきたが、かつては境内の一角に東照宮《とうしょうぐう》（家康を祀《まつ》る神社）も建てられていたため、そのたびに再建されてきている。

本堂の西側は小屋がけの見世物小屋があり、居合抜きや講釈師などの大道芸もいて庶民の行楽の場になっている。

南西には傳法院に通じる表門もあって、一年中、人びとの足の絶え間がなかった。

寺の屋根には鳩《はと》が群れあつまり、傳法院の池には鯉《こい》やメダカが群れ泳いでいる。

近場でもあり、暇つぶしの散策にはもってこいの場所でもあった。

平蔵は人混みの多い浅草寺の境内を避けて傳法院の門をくぐり、池の畔《ほとり》にある茶店に向かった。

この茶店には平蔵も顔見知りの女が何人も働いている。

夏の夕日がまぶしく照りつける。

熱い茶でも一杯飲むかと思って、手近の縁台に腰をおろした。

「あら、せんせい……めずらしいわね」

声をかけてきたのは近くの蛇骨長屋に住む酉造《とりぞう》という日雇い大工の女房の、おあきという女だった。

「せんせいが浅草寺にお参りだなんて、どういう風の吹き回しかしら……」

「なぁに、お参りなんかじゃない。ただの暇つぶしだよ」

「あら、まぁ、せんせい……そんなに、お暇なの」

ふいにおあきは声をひそめた。

「だったら、あたしと遊んでみない。せんせいなら一朱でいいわよ」

「なにぃ……」

「ふふ、昼間のアレもいいもんよ」

「おい、アレとはなんだ」

「もう、とぼけちゃって、きまってるじゃない。アレさコレ、いううち声が低くなりっていうアレよ」

おあきは腰をくの字にひねって、くくくっと笑ってみせた。

「せんせいだって好きな口じゃない」

「ちっ、おまえ、いつから、そんな危ない商売をしてるんだ」

「あら、いやだ。茶店の女はそれで稼いでるようなもんですよ。ここでもらう給金なんて雀《すずめ》の涙みたいだもの。……こっちのほうで、おまんま食べてるようなもんよ」

ぽんぽんと帯の下をたたいてみせた。

「だって、ここが嫌いな男なんていないじゃない。せんせいだってそうでしょうが、ふふふっ……」

おあきは腰をくねらせると、色っぽくひねってみせた。

「おい。そんなことが酉造に知れたら、どうなるか、わかっておるのか」

「ふふふ、どうってことないわよ」

　おあきは、こともなげにわらってみせた。

「だって、そのときは、さっさと別れちまえばいいだけだもの。それに男とちがって、おなごのここは、いくら使っても減るもんじゃないじゃない……」

　酉造が聞いたら卒倒しかねないことを、おあきはしゃらっとした顔で口にした。

「だって、せんせい、うちのひとときたら、いつだってちょちょんのちょいで、ハイおしまいだもの」

　ふふふっと含み笑いをして、おあきはぺろっと舌をだしてみせた。

「ま、早くいえば、コケコッコーの交尾《つがい》か、犬のオシッコみたいなものよね。ほんと、あれじゃ、おしめりにもなりゃしないわよ」

　おあきはげんなりしたような溜息をついてみせた。

「だから、あたし、そのぶん外で埋め合わせしてるってわけ……だって、男なんて、そこいらに掃いて捨てるほどいるじゃない」

「ははぁ、おれも掃いて捨てる口にはいるらしいな」

「あら、せんせいも、ちょちょんのちょいの口なの」

「ちっ……」

「なんなら、ためしに一度、あたしと浮気してみない。あたし、せんせいにずっと前から岡惚《おかぼ》れしてたんだもの」

おあきは片目をつむってみせた。

「だからさあ、せんせいが、その気になったら、いつでもいってよね。あたし、せんせいと一度してみたかったんだ」

くすっと笑って、おおきな尻を左右にふりながら離れていった。

なんとも、あっけらかんとしたものだ。

——酉造も始末に悪い女房を引きあてたもんだな……。

まるで糞《くそ》真面目を絵に描いたような、雇われ大工の酉造のいかつい角顔を思いうかべて、平蔵は苦笑した。

二

おあきの内職も半分は暮らしのためだろうが、絵師の雪乃や閑齊の内職とはおおいに違う。

　おあきの隠れ売春は暮らしのための銭稼ぎもむろんあるだろうが、多分に、おあきの根っからの好色がもとだ。

　しかし、雪乃や閑齊が春画に筆をとるのは暮らしがかかっている。

　もっとも、平蔵にしてからが本来の医師稼業とは畑違いの、用心棒という刀にモノをいわせる血なまぐさい内職も、たまに引きうける。

　そもそも、生きるということ自体が、血なまぐさいことなのかも知れない。

　そのときかたわらに、手ぬぐいで頬かむりした百姓女がどっこいしょと腰をおろすと、竹で編んだ背負い籠《かご》を足下においた。

　竹籠のなかには泥つきの里芋《さといも》がつまっている。

「なんとも、はぁ、今日はおあつうございますねぇ、旦那《だんな》……」

　女は気さくに挨拶《あいさつ》すると頬かむりの手ぬぐいをはずし、浅黒く日焼けした顔をごしごしと拭《ぬぐ》った。

　百姓女らしからぬ白い二の腕にちらりと目をやって、平蔵も気さくにうなずいてみせた。

「うむ……夏場の百姓の畑仕事はきつかろう」

「うんにゃ、これっくれぇのこと、どうっつうこともなかんべさ」

百姓女は無造作に襟《えり》をおしはだけると、手ぬぐいで首筋や脇の下に噴き出した汗をぬぐいながら、あっけらかんと笑いとばした。

ちらっと見えた襟前からのぞいている胸のあたりは、百姓女にしては色白の、艶《つや》やかな豊胸で、もっこりとふくらんだ双の乳房はむちりとした張りがある。

「やんだなぁ、旦那。……ちょっと、どこさ見てるだべな」

女がどんと肩をぶつけてくると、目を斜めにすくいあげた。

「ふふ、ふ……なにせ、旦那は昔からおなごのおっぱいが好きだったもんねぇ」

「なにぃ。おい、こら……」

仮にも二本差しの武士をからかうにもほどがある。ひとこと文句をいってやろうと顔を振り向けてみて、唖然《あぜん》とした。

「お、おい……おまえ……」

なんと、百姓姿に身をやつした、その女は、公儀隠密のおもんだった。

おもんは、かつて平蔵が神田新石町《しんこくちょう》の弥左衛門《やざえもん》店《だな》で長屋住まいをしていたころ、幾たびとなく忍んできては、数えきれないほど、たがいに肌身をあわせたことがある。

「おい。なんだって、こんなところに……今まで、いったい、どこにいたんだ」

ぐいと腕をのばして、おもんの肩をつかみしめた。

「やんだなぁ、旦那……」

おもんはぴしゃりと平蔵の背中をひっぱたいて片目をつむってみせた。

「こげなとこで、おなごにわるさしちゃ。観音さまのバチがあたるだによう」

平蔵の腿をぐいっと抓《つね》りあげてから、おもんはすっと平蔵に身を寄せると、耳元で素早くささやきかけた。

「半刻（一時間）ほどあと、竹町《たけちょう》の渡しで……」

「う、うむ……」

おもんの変わり身に呆《あき》れながらも平蔵は目でうなずいて、さりげなく茶店の縁台から腰をあげた。

それきり、おもんは素知らぬ顔で茶をすすっている。

「ちょいと、おねえちゃん、おいらにも団子もらうべぇかねぇ。あんこ、たっぷりつけたやつをさ……」

おもんはあっけらかんとした顔で声を張り上げた。

「はいはい……」

おあきが小走りに駆け寄ってきた。

「あら、せんせい。来たばかりなのに、もう帰っちゃうんですか……」

「おう、またな……」

背を向けたまま、片手をひらひらふって観音さまにおさらばした。

三

女忍のおもんが平蔵のもとに現れたところをみると、どうやら、またぞろ、血なまぐさいことに巻き込まれる羽目になりそうだ。

平蔵は浅草広小路をつっきって大川端にでると、竹町の渡しの船着き場にたたずんだ。

大川を眺めながら、おもんを待つ。

――それにしても、おもんは少しも変わっておらなんだな……。

たしか、おもんは三十路《みそじ》をとうに過ぎているはずである。

手ぬぐいで頬かむりし、土臭い百姓女に身をやつしていたが、おもんは躰つきはむろんのこと、黒目がちの双眸《そうぼう》はきりっと輝いていたし、肌身の色艶は昔とすこしも変わりがなかった。

——まったく、たいしたおなごよ……。

平蔵がおもんにはじめて会ったときは、三味線《しゃみせん》を手に門付けをしては小銭を稼ぐ鳥追い女になりきっていた。

手傷を負った平蔵を隠れ宿にかくまい、高熱に呻吟《しんぎん》しているあいだ、寝ずの看病をしてくれた。

おもんと情をかわす仲になったのも、そのときからである。

それ以来、平蔵が危機に見舞われると、どこからともなく現れ、手練《しゅれん》の投げ爪で、敵を斃《たお》してくれたこともある。

そればかりではなく、おもんは深夜、平蔵の長屋に訪れては、ふたりの情炎のおもむくままに、たがいを貪《むさぼ》りあい、抱きあったまま眠った。

しかし、おもんはいつも平蔵が眠っているあいだに、ひっそりと去っていった。

おもんは幼いころから忍びの者として、あらゆる闘争術を仕込まれ、ときには肌身を敵にあたえては情報を聞き出したり、時によっては容赦なく斃すこともあるという、過酷な定めに生きてきた女だった。

何ひとつ見返りを求めず、ひたすら平蔵のために尽くしてくれた女でもある。

夕日が西の空を茜色《あかねいろ》に染めはじめたころ、おもんは足音もなく、平蔵のかたわらに寄り添ってきた。

四

おもんは、いつの間に、どこで着替えてきたのか、白い地色に紺《こん》の卍《まんじ》つなぎを染めぬいた小粋《こいき》な単衣物《ひとえもの》に、黒い繻子《しゅす》の帯を吉弥結《きちやむす》びに締めていた。

化粧こそしていなかったが、髪も島田《しまだ》に結いあげ、柘植《つげ》の櫛《くし》できりりとまとめていた。

こざっぱりした衣装だが、おもんの凜《りん》とした顔立ちによく似合っている。

かたわらに寄り添うと、おもんはそっと平蔵の肩に頬をおしあて、すこし、掠《かす》れ気味の声でささやいた。

「何年ぶりですかしら、こうして、ふたりきりでお会いするのは……」

おもんはくすっと忍び笑いした。

「うむ。ずいぶん昔のような気もするが、つい先頃のような気もする」

「はい。平蔵さまが少しもお変わりがないようすを見て、うれしゅうございました」

「ふうむ……そいつは、たいしたもんだ」

おもんは、こともなげに笑ってみせた。

「ええ、櫓を漕ぐぐらい、なんでもありませんわ。荷船や渡し船の櫓を漕いだこともありますもの」

「なんと、おもんは櫓《ろ》も漕《こ》げるのか」

我慢してくださいまし」

「わたくしが船頭ですから、すこし揺れるかも知れませんが、すこしのあいだ、

「ほう、猪牙にふたり乗れるのか」

ましたので、さ、どうぞ」

「ともかく、わたくしの隠れ宿にご案内いたします。この先に猪牙《ちょき》をとめておき

おもんは平蔵の腕をかいこむようにしてささやいた。

「ま、うれしいことを……」

わっておらぬ」

「いや、おれが見たところ、そなたの頬も、手足も、肌の色艶も……少しも、変

「いいえ、わたくしはよけいな肉がついて、前よりも、ずいぶん太りましたよ」

「そなたも、何ひとつ変わっておらぬぞ」

猪牙は船頭が一人で櫓を漕いで、江戸湾を自在に往来する、船足の速い小船である。

波が荒いときは、転覆《てんぷく》することもあるが、軽便で船賃も安く、速いため、吉原通いの客にも、よく使われる便利な小船だ。

おもんについていくと、猪牙は駒形堂《こまがたどう》の前の船着き場に舫《もや》ってあった。

おもんは無造作に着物の裾《すそ》を膝の上までたくしあげると、巧みに櫓を操って、猪牙の舳先《へさき》を源森川《げんもりがわ》のほうに向けた。

五

おもんの隠れ宿は本所の横川《よこかわ》沿いにある二階建ての一軒家で、船留めもあった。

二人は、耳の遠いおきんという六十婆さんが、手際よく用意してくれた酒肴《しゅこう》を前にして、二階の六畳間で酒を酌《く》み交《か》わした。

おきん婆さんは耳が遠いわりには、料理の腕はなかなか器用なものだった。

おきん婆さんは、小松菜《こまつな》のおひたし、芝海老《しばえび》のから煎《い》り、小鯛《こだい》の塩焼きなどの馳走《ちそう》を手際よく調理してととのえてくれた。

酒はわざわざ西の灘《なだ》から船積みの樽《たる》でとりよせたというだけに、なかなかこくのある銘酒だった。

すでに夜の帳《とばり》はとっぷりおりている。

行灯《あんどん》の火影《ほかげ》で手早く浴衣《ゆかた》に着替えたおもんは、平蔵に問いかけた。

「平蔵さまは、まだ、お独り身だそうですね……」

「ああ、おれは生涯、このまま独り身が身軽でいい」

小鯛の塩焼きを箸《はし》でせせりながら、平蔵は目尻を笑わせた。

「どうせ、いずれは、どこぞの野面《のづら》で舎利《しゃり》になって朽《く》ち果てるだろうからな」

「でも、おなごとはちがって、男の独り身は何かとご不自由ですし、男盛りで夜の独り寝はおさみしいでしょう」

おもんが徳利を手に酌《しゃく》をしながら、すくいあげるような目で問いかけた。

「でも、今は由紀さまというおひとがいらっしゃるようですね」

「ほう、由紀のことも知っておるのか」

「ええ、それは、もう……平蔵さまのことなら、なんでも……」

「ふうむ……おもんにかかったら、おれは丸裸も同然らしい」

「でも、わたくしは悋気《りんき》などいたしませぬ。こうして、ときおり、お会いするだけで充分ですもの」

おもんはしんみりした声でささやいた。

その声音《こわね》には、日陰の女でいるしかない忍びの女の哀愁がにじんでいた。

「あの太一も、由紀さまが引き取ってくださっているそうですね」

「ああ、よく知っておるな」

「だって、ほんとうなら太一は、わたくしが引き取るつもりでいた子ですもの」

数年前、太一の母の尚乃が、不幸にも盗賊の一味と遭遇し斬殺《ざんさつ》されてしまったとき、そのことを知った平蔵は、おもんとともに尚乃の長屋を訪れて孤児となってしまった太一を引き取ろうとした。

太一はおもんをおばちゃんと呼んでなついたが、やはり忍びの者のおもんには重荷になるだろうと、平蔵が引き受けることにしたのだ。

しかし、男手ひとつで幼子を育てるのはむつかしい。

おまけに平蔵には医者という仕事がある。

それを見るに見かねた由紀が、［おかめ湯］の子として育てようといってくれたのである。

「おれも一人の幼子も育てられないようでは人間としても半人前だな」

「それを、おっしゃらないで……平蔵さまが半人前なら、わたしも半人前ですわ」

「そなたは公儀のために奔走《ほんそう》しておるが、おれはいまだに、おのれの一人口も養いかねておる。ま、どうしようもない世の中のはぐれものよ……」

「いいえ、平蔵さまは稼ぎに無頓着《むとんちゃく》なだけですよ。それに、わたくしは銭儲《ぜにもう》けにあくせくなさる平蔵さまなど見たくはありませぬ」

「ふふ、これで結構あくせくしているつもりだがな」

「ま……」

おもんはくすっと忍び笑いして、頬をすりよせた。平蔵は、おもんの肩を抱きよせ、襟をゆるめて乳房をさぐりとった。

三十路を過ぎたはずの、おもんの乳房は以前とすこしの変わりもなかった。

「ひとはだれでも、さみしい生き物だろうが。ひとつ屋根の下で、二人が共に暮らしたところで、おなじことを思い、おなじように感じることなど、そうはなかろう」

「え、ええ、まぁ……」

「親子だろうが、兄弟だろうが、夫婦だろうが……所詮《しょせん》、死ぬるときはひとりよ」

「はい……」

「男とおなごが抱きおうても、そっくりおなじように感じるということは、そう多くはないものよ」

「………」

「それが、どういうわけか、そなたとこうして逢っていると、少しも時がたった気がせぬ。なにやら、いつも、いっしょにいる影法師のような気がしてな」

おもんは平蔵のうなじに腕を巻きつけると、耳元で切なげにささやいた。

「わたくしも……あのころが、昨日のような気がしてなりませぬ」

おもんはひたと平蔵の顔を見あげつつ、腰紐《こしひも》を解いて、肩から浴衣をすべらせた。

おもんの白い裸身が行灯の淡い火影に照らされ、紅い腰巻きがめくれあがり、股間の茂みが淡く翳《かげ》って見えた。

おもんの脇の下はうっすらと汗ばんでいて、ほのかに甘い匂いがした。

艶やかに白い股間に萌《も》える茂みからは、甘酸っぱく濃密な女体の匂いがした。

おもんの艶やかな肌身を愛撫しつつ、平蔵はふっと遠い目になった。

「今でも、お濠端のそばを通ると、そなたの兄者《あにじゃ》のことを思い出してつらくなる……」

おもんの兄と遭遇したのは神田橋御門近くの濠端だった。

六

もう、何年も前になるが……。

——その夜。

平蔵が磐根藩江戸屋敷の出稽古の帰途、お濠端にさしかかったとき、黒装束に身を包んだ男が、鼠色《ねずみいろ》の装束を着た忍びの一団と斬《き》り合っているところに遭遇したのである。

平蔵が駆けつけると、一団はたちまち風のように闇のなかに消えてしまった。

だが、そのときすでに深手《ふかで》を負っていた男は鋒《きつさき》をおのれの胸に押しあて、平蔵が止める間もなく、刺し貫いたのである。

しかも、その男は瀕死《ひんし》の間際に「かみやどの、おもんをたのみいる」と遺言を残した。

なぜ平蔵のことを知っていたのか、また、おもんをたのみいるとはどういうことなのかも、わからなかった。

そのとき、濠の石垣の下から懸命に這いあがってきたのが黒装束のおもんだったのである。

おもんの黒装束は水を吸って、ずぶ濡れのうえ、あちこちが斬り裂かれていた。手傷を負ったおもんを背中に、平蔵は三河町にあるおもんの隠れ宿に走った。

死んだ男はおもんの兄で、おもんとおなじ公儀の忍びの者だった。

それが、おもんの兄との一度きりの出会いだったのである。

「あのとき、いま、すこし、おれが早く駆けつけていたら、そなたの兄者を助けられたかも知れぬと思うと……いまでも、胸が痛む」

「平蔵さま、その、お言葉だけで、わたくしは、もう……」

おもんはひたと平蔵を見上げて、唇をふるわせた。

「それに、兄のおかげで平蔵さまと再会できたのですもの……」

おもんはひんやりした足を平蔵の足にからみつけてきた。

平蔵が抱きよせると、おもんは両足を思うさまひらいて平蔵の腰に巻きつけ、白い喉をそらし、ふかぶかと吐息をもらした。

「平蔵さま……この日を、わたくしは、どんなに待ち焦《こ》がれておりましたことか」

おもんの目がきらきらと輝いていた。

「わたくしは、この日のために生きてきたような気がいたします」

「うむ。新石町の長屋を思い出すな」

「はい……幾たびも、幾たびも、あの長屋に通いました」

手傷を負っていたおもんを介抱したことがきっかけで、平蔵は心からおもんとわりない仲になったのだ。

そのころ、神谷の屋敷を出て神田新石町で長屋住まいをしていた平蔵のもとに、おもんは、深夜、ひそかに忍んでくるようになった。

だが、公儀の忍びの者が、務めとはかかわりのない者と睦《むつ》みあうことは厳禁されているため、おもんとの仲はあくまでも秘匿《ひとく》しなければならなかった。

「そなたが夜の明けぬ前に床をはなれて、一人で帰っていくのを知りながら、寝たふりをして引き留めることができぬ、おのれがなんとも情けなくてな」

横川のせせらぎの音が、ふたりの営みを優しくつつみこんでくれた。

七

――半刻後。

薄汗をしっとりと肌ににじませ、おもんは平蔵の胸に頬をすりよせていた。

「いま、平蔵さまは隣家の山本仁斎というおひとと懇意《こんい》になさっているそうですね」

「うむ。隣人で囲碁《いご》の相手にはちょうどよい手合いゆえ、親しくなったが……それが、どうかしたか」

「たしかなことはもうせませぬが、あの、おひとの生国は、もしやして越後ではございませぬか」

「ああ、たしか、そのようにもうしておったな」

「やはり……」

「なにか、仁斎どののことで気になることでもあるのか」

「平蔵さまは、雲霧仁左衛門という盗賊のことを耳になさったことがございますか」

「うむ。今、江戸中を騒がしておる、何軒もの大店《おおだな》に押し入った盗賊の頭目だろう。おれが両替商の武蔵屋から用心棒を頼まれているのも、武蔵屋が雲霧一味を恐れてのことよ」

「わたしが、いま追いかけているのが、雲霧仁左衛門と、その一味ですの」

おもんは片肘《かたひじ》をついて、床のうえに半身を起こした。

「ふうむ……そのために江戸にもどってきたのか」

「はい……どうやら、雲霧一味の隠れ宿は本所界隈《かいわい》だということだけはつきとめました」

「ほう……」

「ただ、頭目の仁左衛門や、おもだった者はあちこちに塒《ねぐら》をもっているようです」

「ふうむ……そいつは厄介《やっかい》だな」

「それはともかくとして、仁左衛門の身元を洗い出したところ、生国は越後の新発田藩でした。本名は山本仁助といって、十七石の扶持《ふち》取りの軽輩だったようです。無楽流の剣の遣《つか》い手で、藩内ではだれひとりとして、かなう者はいなかったそうです」

「ほう、無楽流か……おれは立ち合《お》うたことはないが、無楽流は居合をよくする流派だと聞いたことがあるな」

「山本仁助の勤めは算用方でしたが、なにせ六尺近い大男で、指も太く、算盤《そろばん》も帳付けも不器用だったそうです」

「ふふ、おれも算盤は苦手だったな」

平蔵は苦笑いした。

「そのせいで、いまだに銭儲けは苦手で四苦八苦しておる」

「ま……」

おもんはくすっと笑った。

「だから城勤めはまっぴらと町家住まいをなされたのでしょうが、おかげで、わたくしは平蔵さまとめぐりあえたのですもの」

「ふふふ……」

平蔵はおもんを抱きよせた。

「どうやら、山本仁助も生まれてくる時代をまちがえたようだの」

「ええ、満座のなかで上司から、こやつは無用の禄盗人《ろくぬすっと》と揶揄《やゆ》されたのを腹に据えかねたらしく、上司の帰途を待ち受けて斬り捨て、脱藩したそうです」

「ふうむ……剣だけが唯一のよりどころだった男としては堪忍できなかったのだ

ろうよ。その気持ちはわからんでもないな」

平蔵はほろ苦い目になった。

「しかし、その山本仁助が、隣家の仁斎どのだというのか」

「ええ、生国もおなじで、姓もおなじく山本、しかも、名前にいずれもおなじ[仁]の一字がついております」

「だが、仁斎どのはただの易者だぞ」

「ですが、山本仁助は若いころから剣の腕だけではなく、ほかに易学にことのほか関心が強く、くわしかったそうですよ」

おもんはひたと平蔵を見つめた。

「なるほど、生国と易学、それに剣と三拍子の揃い踏みというわけか……」

「姓もおなじ山本で、名前も[仁]の一字。ただ、仁斎ともうされる、その、おひとが剣の遣い手かどうかわからぬということだけですわ」

「ううむ。たしかに符丁《ふちょう》があうといえば、あうな……」

「いずれにせよ。もし山本仁斎が、仁左衛門だとしても、一味の塒はほかにあるはずですよ」

「うむ……」

「ともかく、明日、小笹《こざさ》が小鹿《おじか》小平太《こへいた》とともに江戸にまいりますゆえ、二人を山本仁斎に張りつかせてみようと思います」

「ほう、小鹿どのが、小笹と連れだって江戸に来るのか……」

平蔵の顔が、思わず笑みほころびた。

八

小鹿小平太は三河の刈屋藩《かりやはん》を脱藩した男だが、馬庭念流《まにわねんりゅう》の遣い手で［米糊付《そくいづけ》］の秘伝を受けた剣士である。

妹が藩重役の息子に凌辱《りょうじょく》され、喉を突いて自裁《じさい》してしまい、小平太は妹の敵《かたき》を討ち果たして脱藩したところを、通りすがったおもんに拾われた男である。

小平太は生来、不器用な男で、むろんのこと女の肌身にもふれたことがなかったが、縁は異なもの味なものという諺《ことわざ》がある。

平蔵が助っ人にと頼んだ下目黒村《しもめぐろむら》で、百姓娘のお光《みつ》とわりない仲になり、村に住みつくことになったのだ。

「わたくしは小平太をお光といっしょに、この近くに住まわせてみてはどうかと思っております」

　おもんはしっとりと薄汗のにじんだ足を平蔵の腰にからみつけてささやいた。

「ほう。ならば、おれがところに呼んだらどうだ。おれは一向にかまわんが」

「いいえ、それでは由紀さまのお邪魔虫になりますもの」

「そのような斟酌《しんしゃく》は無用だぞ」

「ま、よろしいではありませんか。ふたりとも平蔵さまの、お邪魔虫にはなりたくないでしょうから」

「よういうわ。おれは若いものの睦みあいを祝福こそすれ、うらやみなどせぬわ」

「もしかしたら平蔵さまのほうが、二人のお邪魔虫かも知れませぬよ」

「ふふ、なるほどな。ま、ともかく小平太のことは、そなたにまかせよう」

「はい。雲霧一味を片づけるには、少しでも手が多いほうが助かりますゆえ」

「うむ。小平太の馬庭念流の腕はたいしたものだ。秘伝の米糊付は、よもや、盗賊などに引けはとらんだろうよ」

九

行灯の明かりに誘われて、一匹の蛾《が》が炎のなかに舞いこむと、チリチリと音を立てて焼け死んだ。

「飛んで火にいる夏の虫、か……」

平蔵はぼそりとつぶやいて、おもんの乳房を慈《いつく》しみつつ苦笑した。

「しかし、公儀直属のおもんが、そこまで雲霧仁左衛門にこだわっているところをみると、幕府が本腰をいれて雲霧一味の捕縛《ほばく》に乗り出したということか……」

「はい。雲霧一味は並の盗賊ではありませぬ。放置しておけば公儀の威信にもかかわりますゆえ、ご老中も眉をひそめておられました」

「…………」

「西のほうでも長崎奉行所や大坂城代、京都所司代《きようとしよしだい》の同心や与力が躍起になって探索しましたが、いずれも徒労におわったそうです」

「ほう、相当に腕もたち、頭の切れる盗賊どもだということか」

「はい。狙う相手が大金持ちばかりで素顔をさらさないゆえ、かかわりのない町人たちが気楽に雲か霧かとはやしたてたため、雲霧仁左衛門と名乗るようになったそうでございますよ」

「ふふふ、なかなか芝居っ気のある悪党らしい。文禄《ぶんろく》の昔、大暴れしたという石川五右衛門を気取っておるのかも知れぬな」

平蔵は苦笑した。

「その山本仁助という男、無楽流の遣い手だともうしたな」

「ええ、なんでも並の刀身より二寸ほど長い、長柄刀《ながえがたな》とやらを使うそうですよ」

「なるほど、よほど膂力《りょりょく》がある男のようだ。刀身が二寸も長くなれば、膂力がないと刀にふりまわされてしまうからの」

「山本仁助は、子供のころから腕相撲《うでずもう》ではだれにも負けたことがなかったそうです」

「ふうむ、そんなことまで調べていたのか」

「いいえ、これは公儀が新発田藩に問いただしてわかったと聞きました」

「ふうむ、たかが盗人の探索に、公儀もご大層なことだの」

「江戸は上様のお膝元でございますもの。公儀の面目にかけて、雲霧一味をなんとしても捕縛しろということでございましょう」

おもんはしっとりと汗ばんだ平蔵の胸に唇を這わせると、腕をのばして平蔵のうなじに腕を巻きつけてきた。

「一味のなかに松永鎌之助という東軍流を遣う剣客がいるそうで、これが、なかなかの遣い手だそうですよ」

「ほう、頭目の仁左衛門は無楽流の遣い手で、手下は東軍流か……」

平蔵、思わず苦笑いした。

「たしか、東軍流は戦国乱世の気風をいまだに残しておる剣法で、多数の相手と戦うときに向いていると師匠から聞いたことがある」

平蔵の目が細く切れた。

「東軍流の流祖は川崎鑰之助という剣客だそうだが、四代目の川崎宗勝《むねかつ》という剣士は忍原《おしのはら》で数十人の敵に取り囲まれて迎え撃ち、軽傷を負ったものの生還したという」

「ま……」

「仁左衛門の無楽流は居合を得意としている流派だ。そやつと、その松永鎌之助が相手となると油断はできぬ」

平蔵はきびしい目になった。

「もしかすると、やられるのはおれということになるかも知れぬな」

「もう、縁起でもないことをもうされますな。相手は凶悪といっても、とどのつまりは盗賊の一味ですよ。万が一にも平蔵さまが後《おく》れをとるはずはございませぬ」

「それは、どうかな。刃《やいば》をまじえての斬り合いでは一瞬の遅れが命取りになる」

「…………」

「ことに向こうは寄せ集めの盗人とはいえ、荒事には手馴《てな》れた悪党ばかりだ。いずれにせよ、予断を許さぬ斬り合いになるだろう」

「それはそうでございましょうが、わたくしは平蔵さまを信じておりますもの……」

「いずれにしろ、おれという男はどこまでも修羅場《しゅらば》と縁の切れぬ宿命らしいな」

平蔵は腕をのばして、おもんの腰をぐいと引きつけた。

「おれは生来が臍《へそ》曲《ま》がりの男ゆえ、下手《へた》をすると公儀にも盾《たて》ついて、幕吏《ばくり》に追われる身にならぬともかぎらぬぞ」

「まさか……」

「いや……真《ま》逆《さか》の逆《さか》という諺もあるからな。何があるかわからんのが、世の中よ」

「平蔵さま……」

　おもんはまじまじと見返した。

「そのようなときは、わたくしがお供いたしますよ。どこまでも……」

「ふふ、行く先は地獄やも知れぬぞ」

「わたくしも、おなごの身で、これまで、ずいぶん人を殺《あや》めてまいりましたもの。極楽には縁のないおなごですわ」

「生きているうちが、花か……」

「ええ、こうして、平蔵さまとご縁ができただけで、わたくしは、もう……なにも望みませぬ」

　おもんはひたと平蔵を見つめ、頬をすり寄せると、ふたたび片手でせわしなく帯紐をといていった。

　湯文字《ゆもじ》の裾がわれて、おもんの白い素足がくの字に折れて、切なげに畳を這った。

　おもんは狂ったように平蔵の口を吸いつけつつ、ゆっくりと仰臥《ぎようが》した。

　平蔵はおもんの胸のふくらみを掌《てのひら》ですくい取り、愛撫した。

平蔵は指先で乳首をとらえると、おもんの唇を吸いつけつつ湯文字をひらいて、滑らかな太腿の奥の草むらに潜む蠱惑《こわく》にみちたものを探った。

そこは火のように熱く、あふれんばかりにうるおっていた。

おもんはひしと目をとじたまま、ゆっくりと太腿をひらいて、平蔵を迎えいれた。

風がはたはたと格子窓をたたいた。

夜が明けるまでには、まだ、たっぷりと間があるだろう。

ふたりにとっては、いつ、また、逢えるかわからない、貴重なひとときである。

もはや、ふたりのあいだに言葉はいらなかった。

横川から吹きあがってくる川風がひときわ強くなってきた。

格子窓がカタカタと音を立てていた。

第十章　剣　　鬼

一

本所回向院《えこういん》の門前町にある呉服太物処《ふとものどころ》の［近江屋《おうみや》］は絹糸や絹織物、綿織物、麻糸、麻織物などを手広くあつかう問屋である。

裏の土蔵には火に弱い生地や、糸などが大量に保管されているため、防火にはことのほか気を遣《つか》っている。

暮れ近い七つ半（午後五時）になると大戸をおろし、主人や番頭、手代たちは火の始末を丹念に見てまわるのが日課になっていた。

近江屋の主人は五十二の働き盛りで、家族は妻のほかに三十四になる息子と二十七の嫁、ふたりのあいだに生まれた十歳の男の孫と、七つになる女の孫がいる。

番頭は通いで、住み込みの手代のほかに男の丁稚《でっち》が三人、ほかに女中が四人もいる大所帯だった。

主人一家は座敷で、手代と丁稚は台所の板の間で夕食をとり、女中たちは給仕をすませると、みんなの食事の後片付けのあとで遅めの夕食をとる。

近江屋でも、万が一、雲霧一味に狙われたときの備えのために、十日前から用心棒の浪人者を雇うことにした。

近くにある一刀流《いっとうりゅう》指南の村岡《むらおか》道場で、免許皆伝《めんきょかいでん》を許された師範代格の高弟を二人推挙してもらった。

日当は一人一分で夜の五つ半（九時）から、明け六つ（六時）までという約束だった。

一人は小堀源次郎《こぼりげんじろう》という四十一になる浪人で妻子もちだが、もう一人は井上由之助《いのうえよしのすけ》という二十六の御家人の三男だった。

二人とも道場では一、二を争う遣い手だということだった。

用心棒のための部屋は玄関脇の六畳の客間を提供することにした。

手代の寝部屋は一階の土間に近い四畳半で、丁稚たちは隣の四畳半に、女中たちは中二階の六畳間で枕を並べて雑魚寝《ざこね》することになっていた。

それぞれの部屋には行灯《あんどん》があったが、五つ半（九時）ごろまでには、灯りを消して寝るようにいわれている。

手代の吉三《きちぞう》は二十七歳で、おみちという二十三になる女中頭《がしら》と相惚《あいぼ》れの仲だった。

おみちは二日か三日に一度はしめしあわせ、厠《かわや》に行くふりをして、五つ半過ぎには吉三の部屋に忍んでいった。

その夜も、おみちは吉三にたっぷり可愛がられたあと、しばし吉三の腕のなかでまどろんでいたが、尿意をもよおし、いそいで起きあがり、身づくろいをして厠に向かった。

厠は蔵の前の庭に面した軒下に二口と、主人の寝室に近い廊下にある。

おみちが厠に入ろうとしたとき、蔵の前に数人の黒い人影が動いているのが見えた。

暗闇のなかで、黒装束の男たちは開け放した蔵のなかから千両箱を担ぎだしているようだった。

いずれも黒装束に黒覆面《くろふくめん》で、腰に刀を帯びている。

蔵の壁に［雲霧参上］と大書した紙が張りだされているのが見えた。

「く、雲霧……」

　おみちが思わず声をあげようとしたとき、目の前に刀の切っ先が突きつけられた。

「……！」

　おみちは恐怖で声も出ず、厠の前で立ちすくんでしまった。

「騒ぐな。声を出したら命はないぞ」

　おみちは躰をがくがくさせながら、引きつった顔でうなずいた。

　そのとき、土間から吉三が駆け出してきて、おみちに飛びつこうとしたが、背後から盗人《ぬすっと》に袈裟懸《けさが》けに斬《き》られ、血しぶきを噴出させて、おみちの胸に倒れこんできた。

「ああっ！」

　おみちが悲鳴を振り絞り、へたりこみながら吉三を抱きしめた途端、こらえていた小便が股間からほとばしり、腿を伝い落ちた。

　おみちは恐怖と羞恥で身がすくみ、とても立っていられずに、吉三を抱きしめるしかなかった。そのあいだにも、小便はとめどなくあふれてくる。

　そのとき、あけっぱなしになっていた土間から用心棒の小堀源次郎が刀を抜きはなって飛び出してくるなり、覆面の盗人に斬りかかっていった。刃《やいば》と刃が激しくからみあう音が闇に鋭く響き、火花が散った。

奥から、おなじく用心棒の井上由之助が飛びだしてきたかと思うと、小堀源次郎と斬りあっていた盗人を肩口から抜き打ちに斬り捨てた。

血しぶきが闇夜に噴出し、その血しぶきがおみちの顔を濡らした。

小堀源次郎と井上由之助は白刃《はくじん》を振るい、果敢に立ち向かった。

何人かの盗賊が手傷を負ったが、そのとき盗賊一味の遣い手が斬りあいにくわわると情勢は一変した。

たちまち井上由之助が深手を負って突っ伏した。

小堀源次郎が思いきって斬りかかっていったが、刃を合わせる間もなく、首筋から血しぶきをあげて斬り伏せられてしまった。

おみちは吉三を抱きしめたまま、声も出ずに放心していた。

二

――その翌朝。

「平蔵さま。いつまで寝ていらっしゃるんですか……」

枕をかかえて朝のまどろみをむさぼっていた平蔵は、おもんに肩をゆさぶられて、渋い目をこじあけた。

「う、ううむ……なんだ、おまえか」

「昨夜、雲霧の一味が回向院前の近江屋に押し入ったようですよ」

「なにぃ！」

平蔵は、ガバッと起きあがった。

「近江屋では近くの村岡という剣道場の高弟を二人も用心棒に頼んでいたとのことですが、二人とも斬り伏せられたそうです」

「ふうむ……村岡さんは一刀流の遣い手で江戸でも指折りの剣客だと聞いておる。その高弟が二人もやられたとなると、話どおり雲霧一味にはよほど腕のたつ男がいるようだな」

「ええ。小笹の知らせによりますと、用心棒の剣客二人はようやく、盗賊を五人ほど斬り斃《たお》したそうですが、その男が駆けつけると、またたくうちに斬り伏せられてしまったとのことでした」

平蔵、布団のうえにどっかとあぐらをかいて、腕組みをした。

「うむ、村岡道場の高弟ならば、まず、免許取りの腕前だろう。それが二人ともに瞬時に斃されたとなると、そやつ、やはり容易ならぬ遣い手にちがいない」

「はい。どうやら、その男が松永鎌之助のようです。火盗改も屍体をあらため、こんなすさまじい斬り口は見たことがないと舌を巻いていたそうです」

「つまり、人斬りには手馴《てな》れているということだな……」

「それに頭目の雲霧仁左衛門も無楽流の遣い手ですから……」

平蔵は苦い目になって、舌打ちした。

「そういえば、あの男が隣に越してきたのは、つい、先頃だったな」

「おそらく平蔵さまのようすを探るためだったにちがいありませぬ」

「うむ。近江屋が狙われたとなると、武蔵屋も危ない。こうしてはいられぬわ」

平蔵、夜着をはねのけて立ち上がった。

三

おもんが櫓《ろ》をとる猪牙《ちょき》に乗って、平蔵は横川から大川を突っ切り、まっしぐらに浅草にもどってきた。

家にはもどらず、その足で大川べりにある武蔵屋に向かった。

武蔵屋は広小路から神田川に向かう大通りに面し、裏口は大川に面した大店《おおだな》である。

おもんは前褄《まえづま》をはしょって帯の下に挟むと、ためらいもなく忍び返しのつけられた塀を苦もなく飛び越えた。

——なんと、むささびも顔負けだな。

呆《あき》れている間もなく、おもんは裏木戸の桟《さん》をあけて平蔵を導きいれた。

深山幽谷《しんざんゆうこく》の趣《おもむき》のある庭をくぐりぬけ、平蔵はおもんとともに武蔵屋の裏口に向かった。

ちょうど庭師が弟子とともに黒松の手入れしているのを、武蔵屋茂兵衛が縁側から眺めているところだった。

「これは、神谷さま。どうして、また、裏口などから……」

武蔵屋はいぶかしげに目を細めた。

「ふふふ、なに、おれが暮らしの金に窮したときは武蔵屋に借りにくるゆえ、そのときは裏口から入ったほうがいいと思ってな」

「なにをおっしゃいます。もう神谷さまなら、ご入り用の金子《きんす》はいつでもご用立ていたしますが、裏口からなどとおっしゃらずに、表からいらしてくださいまし」

愛想よく笑顔をふりまいて、おもんに目をむけた。

「それにしても、今日は、また、お綺麗なおひとがごいっしょで……」

「おお、この、おなごはおもんともうしてな。おれとは古くからの頼もしい相棒でござるよ」

「ほう……このような、お美しいお方が、相棒とは」

武蔵屋茂兵衛はおもんの顔や腰まわりを、品定めでもするような目で見やった。いかにも大店の主人らしい品のある顔をしてはいるが、武蔵屋は存外に好色漢なのかも知れないと思った。

おもんは素顔のままで、洗い髪をうしろで束ねて紐《ひも》で結わえ、藍染《あいぞ》めの単衣物《ひとえもの》に茜色《あかねいろ》の帯をしめただけの質素な身なりだった。

しかし、日頃は美々しく着飾った紅灯《こうとう》の女たちばかりを見馴れている武蔵屋の目には、逆に新鮮に見えるのだろう。

「ま、人には表も裏もある。そんな詮索《せんさく》よりも、この店は雲霧仁左衛門に、もはや狙われているかも知れぬぞ」

「え……ま、まさか」

「近江屋が雲霧に襲われたことは知っておるか。浅草で大店といえば、まず、武蔵屋さんだろう。盗賊というのは大金のある大店を狙うものだと相場はきまっておる」

「か、神谷さま……」

武蔵屋茂兵衛の顔が、みるみるうちに血の気がひいて灰色になった。

「なに、ちょいと、きな臭くなってきたが、今夜からは四人で寝ずの番をするゆえ、心配はいらぬよ」

「は、はい……」

「三人とも来ておるな」

「はい。みなさま、おそろいで、お待ちかねのようでございます」

「よし、よし……あんたは気にせずと、ゆるりとされるがよい」

ポンと肩をたたいて、笑顔を見せてやると、武蔵屋茂兵衛は、ようやく落ち着きをとりもどしたようだった。

四

女中のおちよに案内されて平蔵とおもんが奥座敷に向かうと、笹倉新八と柘植杏平が笑顔で迎えてくれた。

「やぁ、四人が揃い踏みとなると、伊皿子坂の一件を思い出しますね」

新八は修羅場《しゅらば》を生きがいにしているような男である。

「いやいや、この前の播磨屋《はりまや》のときも、貴公には手伝ってもらったじゃないか」

「ふふ、ともかく退屈していますからな。それにしても、ちょっと声をかけてもらえれば、いつでも喜んで馳《は》せ参じますよ。いまから腕が鳴ります」

新八は、まるで飲み屋にでも誘われたような、気楽な口ぶりで笑った。

「神谷どの。ところで、近頃、こっちのほうの腕はあげられましたかな」

柘植杏平は碁石《ごいし》をつまむ手つきをしてにんまりした。

「いや、相変わらず食うのにあくせくしていて、碁盤に向かう余裕もない始末でござる」

「なに、どうやら、こっちのほうが、いそがしくて碁石をつまむ暇もないそうですな」

無骨な柘植杏平が小指を立てて、にんまりした。

「いやいや、とんでもない。おなごには逃げられてばかりですよ」

平蔵が苦笑いしたが、杏平に一蹴《いっしゅう》された。

「よう、もうされるわ。おもんどの、この男は足に縄でもつけて柱に縛りつけておかれることですな」

「いいえ、このおひとはたとえ片足を墓に埋められる羽目になっても、おなごを追いかけるようなおひとですもの。好きにさせておくしかありませんわ」

おもんはしゃらっと受け流し、平蔵の腿をぐいと抓《つね》りあげた。

「ちっ……」

「ははは、さすがはおもんどのだ。神谷どのにはもってこいのおひとですな」

そこへ、厠に行っていた矢部伝八郎が、のそりと姿を見せた。

「おお、もうひとり新手《あらて》の浮気者がくわわったようですな」

「ン？　浮気者とはだれのことだ……」

「きさまのほかにだれがいる」

平蔵がはねつけた。

「いまも［鳥源］のおみつといちゃついてきたんだろう。そのうち育代どのにバレても、おれは知らんぞ」

「お、おい、平蔵。竹馬《ちくば》の友がつれないことをいうなよ。きさまだっていろいろあるだろうが」

「あいにく、おれは独り者だからな。どこで、なにをしようが文句をいうものは、だれもおらぬからな」

「ちっちっ、この薄情者が……」

伝八郎は舌打ちすると、背中を丸めてごろりと不貞寝《ふてね》した。

間もなくして、伝八郎の極楽とんぼな高鼾《たかいびき》がはじまった。

平蔵ら四人は、修羅場を目の前にしながらも、緊張を忘れたかのようにくつろいでいた。

五

その夜──。

いくら［寝ずの番］とはいっても、いつ来るかもわからない盗賊のためとあれば、自然と睡魔が訪れてくる。

ことに平蔵は昨夜のおもんとのこともあって、いささか寝不足気味だった。

しばらくは新八や杏平と四方山話《よもやまばなし》をしていたが、間もなく新八が壁にもたれてうつらうつら船を漕《こ》ぎはじめると、杏平も肘枕《ひじまくら》しながら仮眠をとりはじめた。

伝八郎の高鼾がすこしおさまりかけたころ、平蔵も壁にもたれながら、いつの間にか熟睡してしまったらしい。

「神谷どの……」

低く押し殺した杏平の緊張した声に目を覚ますと、すでに刀を腰に差した杏平が緊迫したまなざしでうなずいた。

庭木の小枝が夜風にざわめくなかに、ただならぬ気配がうごめいている。

すでに両刀を腰にたばさんだ新八も平蔵を見てうなずいた。

「やつらですよ」

新八がささやきかけた。

「わかった」

平蔵はすぐさまかたわらから大刀を鷲《わし》づかみにし、大の字になって高鼾をかいている伝八郎の腰のあたりを蹴りつけた。

「起きろっ！」

「う、ううむ……」

さすがに渋い目をこじあけて、伝八郎が冬眠から覚めた熊《くま》のような巨体を起こした。

「な、なんだ……」

「やつらだ！」

「な、なにぃ！」

　さすがに伝八郎はこれまで幾たびとなく用心棒を引きうけてきただけに、事態を察知するのも早かった。

「ようし、飛んで火に入る夏の虫だ！　かたっぱしからたたっ斬ってくれる！」

　すぐさま跳ね起きると、枕元に投げ出してあった大刀を腰にぶちこんだ。

　そのとき、廊下の雨戸がみしっと鳴ったかと思うと、黒装束の男が身軽につぎつぎと廊下に侵入してきた。

　いずれも足袋跣足《たびはだし》に手甲脚絆《てっこうきゃはん》、黒覆面というものものしい出で立ちの男たちだった。

　手には匕首《あいくち》や抜き身の刀を手にしている。

　なかには二本差しの浪人者も何人かまじっている。

　闇にとざされた裏庭にも、ただならぬ殺気がみなぎっていた。

　雨戸に身を寄せていた平蔵と新八が、抜き打ちざまに黒装束の足を薙《な》ぎ払った。

　足を両断された二人の盗賊が血しぶきをあげて雨戸にぶちあたり、庭に転げ落ちた。

　間髪をいれず、杏平と伝八郎が雨戸を蹴りつけざま、庭に飛び降り、盗賊の群れのなかに斬り込んでいった。

　腰の据わった柘植杏平の刀刃《とうじん》が一閃《いっせん》するたびに盗賊の血しぶきが夜空に噴出した。

　伝八郎も熟睡していたところを起こされた腹いせのように、阿修羅《あしゅら》のごとく、盗賊を薙ぎ斃《たお》していった。

　盗賊はつぎつぎに軽がると土塀を飛び越えてくる。平蔵は片手殴りに盗賊を叩きつけるように斬り伏せていった。

　匕首を双手《もろて》につかんで襲いかかってきた盗賊を上段から斬りさげた。

　賊はいずれも命知らずの男たちだった。

　仲間が血まみれになっていても、その躰を踏みつけては殺到してくる。

　餓狼《がろう》のような不気味な賊を相手に剣をふるいながら、平蔵は背筋が冷える思いがした。

　道場剣術の侍とは違う、野性の獣とおなじく、本能のままに刃をふるう不気味さを感じさせる盗賊をつぎつぎに迎え撃った。

笹倉新八も素早く庭に躍りだし、杏平とともに盗賊を右に左に斬り伏せている。

百坪もある広い庭が足の踏み場もない血泥でぬかるんできた。

ふいに呼子《よびこ》のような鋭い口笛が響いたかと思うと、盗賊の群れは潮が引くように闇のなかに消えていった。

はみだした腸《はらわた》を引きずりながら、苦悶《くもん》のうめき声をあげてのたうちまわっている賊に素早く止《とど》めを刺して楽にしてやった。

夜空に皎々《こうこう》と光る月があった。

夜が明けるには、まだ、すこし時があるらしい。

伝八郎が襤褸《ぼろ》をまとったような惨憺《さんたん》たる格好で声をかけてきた。

「ようやっと、おわったらしい」

「うむ。しかし、盗人にしては歯ごたえのあるやつらだったな」

柘植杏平と笹倉新八が血刀を手に歩みよってきた。

新八の袖《そで》が破れて血潮が滲《にじ》んでいる。

杏平の袴《はかま》の裾《すそ》もなかば千切れて、軽くびっこを引いていた。

「足をやられたのか」

「いや、なに、ほんのかすり傷だ。心配は無用……」

杏平は苦笑いした。

母屋《おもや》は深閑《しんかん》として、武蔵屋の人の姿は見えなかった。

「おい。腹の皮が背中にくっつきそうだ。結び飯か、茶漬けでも食おう」

伝八郎が大声で怒鳴った。

「そうよ。ついでに酒も頼もう。このままじゃ眠れんぞ」

そのころ、ようやく御用提灯《ごようぢょうちん》を掲げた役人たちが駆けつけてきたようだった。

「うむ。台所に酒樽《さかだる》があったはずだ。飲みなおしといこう」

「おう、今夜はへべれけになるまで飲んでやるぞ」

伝八郎が勢いよく腰をあげた。

終　章　雲霧殲滅《せんめつ》

一

四人のおかげで、危うく難を免れた武蔵屋茂兵衛は満面をほころばせ、みずから女中たちを指図して、四人の接待に努めた。

そのあいだに手の者をひきつれて駆けつけてきた斧田同心が、たちまち屍体を莫蓙《ござ》にくるんで運ばせ、まだ息のある者には縄をかけて引き立てていった。

屍体の数は十三、動けなくなって捕縛《ほばく》された者は六人だった。

いずれも、雲霧配下の盗賊一味だと判明したが、肝心の雲霧仁左衛門が潜伏している場所はいまだに不明ということだった。

まだ、雲霧仁左衛門はもとより、おもだった手下をはじめ残党は少なくとも数十人はいるはずだった。

潜伏場所は捕縛した者を責《せ》め問《ど》いにかけても吐かせてみせると斧田は広言したが、あてにはならないだろうと平蔵は思っている。

もし口を割れば裏切り者として、牢内でひそかに消されることを、悪党たちはよく知っているからだ。

たらふく酒と馳走《ちそう》を腹につめこんだ四人は用意された絹夜具にくるまって熟睡した。

どれほど寝たか定かでないが、

ほのかに香《かぐわ》しい女の肌の匂いがして、耳元でささやく声に目がさめた。

「平蔵さま……」

「うむ……」

渋い目をこじあけると、おもんの目がほほえみかけていた。

おもんは渋い鼠色《ねずみいろ》の単衣物《ひとえもの》に手甲脚絆《てっこうきゃはん》をつけ、折れ笠を手にしていた。

「また、旅に出るのか……」

「いいえ、昨夜から雲霧一味の後をつけていましたが、ようやく仁左衛門の隠れ宿をつきとめました」

「なにぃ……」

「はい。いま、小笹と小平太どのが見張っておりますが、手をお貸しくださいますか」

平蔵は夜着をはねのけ、起きあがった。

「おお、もとより……」

すでに柘植杏平も笹倉新八も起きあがっていた。一人、伝八郎だけは爆睡している。

おもんが緊迫した顔でささやいた。

「火盗改や奉行所の役人に知らせると、おおがかりになって、肝心の仁左衛門を捕り逃がす恐れがございますゆえ」

「向こうの人数はどれぐらいだ」

平蔵は手早く袴《はかま》をつけ、刀を手に取りながら問いかけた。

「ざっと三、四十人はいるはずですが……そのなかに、あの松永鎌之助がおりますので、くれぐれもご用心を……」

「わかった」

すでに柘植杏平と笹倉新八は手早く身支度をはじめていたが、矢部伝八郎だけは白河夜船《しらかわよふね》だった。

平蔵は容赦なく伝八郎の枕を蹴飛ばし、たたき起こした。

「な、なんだ……」

寝ぼけている伝八郎を怒鳴りつけた。

「目を覚ませ！　雲霧の隠れ宿がわかった。ぼやぼやしていると置いていくぞ！」

「お、おい……」

伝八郎は泡を食って跳ね起きた。

「神谷、つれないことをいうな。きさまとおれは竹馬の友だろうが。置いてけぼりはなかろう！」

二

四半刻（三十分）後、武蔵屋が用意してくれた膳部で腹ごしらえをすませた四人は、おもんの後について二艘《そう》の艀《はしけ》で隅田川を渡った。

本所の北の水戸家下屋敷の南側を流れる源森川を艀で抜けて、小梅村で船からおりた。

西の空が茜色《あかねいろ》に染まりかけるころ、五人は里芋《さといも》や葱《ねぎ》の畑が一面にひろがる百姓地のなかにぽつんと建っている藁葺《わらぶ》き屋根の一軒家に向かっていた。

四人は途中で調達した藁束をうずたかく積んだ荷車の陰にひそんで、襲撃のころあいをはかっていた。

手ぬぐいで頬かぶりして百姓女に変装したおもんが牛の手綱《たづな》をとっている。

途中の水車小屋のなかにひそんでいた小鹿小平太と小笹が雲霧の一味が集まっていることを知らせてくれた。

暮れ六つの鐘が聞こえるころ、七人はいっせいに刀を抜きつれて、雲霧一味がひそむ隠れ宿に襲撃をかけた。

厠《かわや》に向かおうとして出てきた盗賊の二人連れが気づいて母屋《おもや》に駆け戻ろうとしたが、おもんが素早く投げた菱形《ひしがた》の手裏剣《しゆりけん》を受け、つぎつぎに悲鳴をあげて突っ伏した。

「よし、残りは母屋にいるはずだ！」

平蔵は一気に母屋に向かって駆けた。

悲鳴を聞いて飛び出してきた盗賊の一人を平蔵の刃《やいば》が袈裟懸《けさが》けに斬《き》り捨てた。

雨戸を蹴破って、盗賊たちが手に手に刀を抜きつれて飛び出してきた。

おもんが矢継《やつ》ぎ早《ばや》に投げる手裏剣を受けてのけぞる盗賊たちを尻目に、平蔵を先頭に矢部伝八郎、柘植杏平、笹倉新八の四人は一団となって母屋の土間に踏み込んでいった。

いつの間にか、小笹と小平太が鋒《きつさき》をそろえて盗賊の群れに斬り込んでいくのが見えた。

おもんがたてつづけに投げる手裏剣を受けて、盗賊たちは一人、二人とのけぞって倒れていく。

柘植杏平の剛剣に首を刎《は》ね斬られ、盗賊の血しぶきが天井板に飛び散った。

笹倉新八もひさしぶりの修羅場《しゆらば》に水を得た魚のように剣をふるっている。

小鹿小平太は小笹をかばいつつ、盗賊たちを追いつめていった。

馬庭念流を遣う小平太の敏捷《びんしよう》な剣には、平蔵も目を瞠《みは》るものがある。

雲霧一味は総勢三十人あまりもいたが、すでに及び腰の者もふえていた。

伝八郎も、まっしぐらに雲霧一味のなかに飛び込んでいって怒号した。

「さぁ、こい！　どいつもこいつもたたっ斬ってくれる！」

血しぶきを浴びた伝八郎は阿修羅のように剛剣をふるい、武者震《むしやぶる》いした。

「おうりゃっ！」

伝八郎の豪刀が一人、また一人と左右に盗賊をたたっ斬って斃《たお》していった。

その合間を縫って、おもんは卍《まんじ》のように廊下を駆け巡り、忍び刀をふるっている。

逃げ惑う盗賊の一人が行灯《あんどん》を蹴飛ばした。

倒れた行灯の火が板戸に燃えうつり、炎と黒煙が渦を巻いて、たちまち燃えひろがった。

その母屋のかたわらで、ひっそりと刀を手にたたずんでいる男がいた。

「きさまが、松永鎌之助だな」

「…………」

「東軍流の遣い手だそうだが、その剣を生かす道は、ほかにあったはずだろう」

「うるさい！　町医者風情がでしゃばりやがって、邪魔立てするなっ！」

吐き捨てると、唸《うな》るような鋭い刃をたたきつけてきた。

松永鎌之助は迎え撃つ平蔵の刀を咄嗟《とつさ》に刃で擂《す》りあげて、かわしざまに胴を薙《な》ぎ払ってきた。

平蔵が敏捷に腰をひねって逃れると、松永鎌之助は唸るような刃風とともに、鋭く鋒を巻き上げてきた。

その刃を跳ね返した平蔵は、たたらを踏んでのびきった松永鎌之助の首筋にソボロ助広《すけひろ》の刃をたたきつけた。

ほとばしる噴血が、茜色に染まる空をまがまがしく染めた。

松永鎌之助はたたらを踏むと、そのまま地を舐めるように突っ伏した。

血しぶきの背後で仁王立ちになっている六尺近い巨漢こそが、平蔵の隣家に住んでいた易者の山本仁斎だった。

「隣に住まう碁敵《ごがたき》が、盗賊の雲霧仁左衛門だったとは、ようも化けたものだな」

「なんの、世の中は何事も化かしあいのようなものだろうが。きさまこそ、大身旗本の倅《せがれ》に生まれながら町医者に化けるとはたいした食わせ者だ」

「おれは医者のほうが本業だが、まさか、人の運勢を見るのが商売の易者が、盗賊の親玉だったとはな」

「ふふふ、ともあれ、貴公には囲碁で一局借りがある。その借りを刀で返そう」

「うむ、おれも貸したものはきっちり返してもらわんと寝覚めがわるい」

「ふふ、よかろう。ここは足場が悪い。表で決着をつけよう」

仁左衛門は黒煙のなかをかいくぐり、縁側から庭に飛び降りた。

平蔵も一足《いっそく》飛びに仁左衛門を追って庭に飛び降りた。

彼方《かなた》で火事を知らせる半鐘《はんしょう》が鳴る音がせわしなく響いている。

炎はめらめらと天井を焼きつくし、藁葺き屋根に燃え移った。

雲霧一味の盗賊たちが死に物狂いで、伝八郎たちに立ち向かっていくのが見えた。

そのなかに、ひときわ目立つ巨体の盗賊がいた。

仁王の異名をもつ一味の小頭《こがしら》だった。

閂《かんぬき》になりそうな太い角材をふりまわし、伝八郎に殴りかかってきたが、おうりゃ！　と伝八郎が気合いのはいった声をあげて、角材もろとも仁王を左肩から袈裟懸けに斬り斃すのが見えた。

柘植杏平と笹倉新八は左右に分かれて、盗賊たちを分断しては、容赦ない剣をふるっていた。

暮れていく広い庭の薄闇のなかで、平蔵は愛刀のソボロ助広の鋒をゆっくりと右下段におろした。

双眸《そうぼう》は茫洋《ぼうよう》としているが、敵を見ずして気配のみを感知し、無心の境地で刀をふるう。

かつて、義父の曲官兵衛《まがりかんべえ》から平蔵に伝えられた秘伝「風花《かざばな》」の構えだった。

雲霧仁左衛門は一瞬、戸惑ったようだが、それが誘いの隙とは知らず、無楽流の長柄刀《ながえがたな》をふるって猛然と平蔵に斬りつけてきた。

一閃《いっせん》、平蔵の刃が下段から反転し、仁左衛門の肩口を存分に斬り割った。

仁左衛門は二、三歩、たたらを踏んでとどまった。

やがて、仁左衛門はあたかも朽《く》ち木《き》が倒れるかのように巨体を鋭く身震いさせると、大地に崩れるように突っ伏した。

おびただしい鮮血が雲霧仁左衛門の死屍《しかばね》を蘇芳《すおう》に染めていった。

ようやく、そのころになって御用提灯《ごようぢょうちん》の群れが、彼方から蛍火《ほたるび》のように揺れながら近づいてくるのが見えてきた。

*　　*

そのころ、東海道を夜道をかけて西に向かって急ぐ、旅の男と女の二人連れがあった。

女は鳥追い姿に身をやつした、櫛巻き髪のお蝶であった。

そして、連れの男は看取《かんど》りの異名で知られた伊三造だった。

だれの目にも、二人は仲睦《なかむつ》まじい夫婦のように見えた。

その後、二人がどうなったか、だれ一人として知る者はいない。

参考文献

『江戸あきない図譜』　高橋幹夫　青蛙房
『絵でみる江戸の町とくらし図鑑』　江戸人文研究会編　廣済堂出版
『イラスト・図説でよくわかる　江戸の用語辞典』　同・右
『大江戸八百八町　知れば知るほど』　監修石川英輔　実業之日本社
『剣豪　その流派と名刀』　牧秀彦　光文社
『刀剣』　小笠原信夫　保育社
『江戸バレ句　戀の色直し』　渡辺信一郎　集英社

コスミック・時代文庫

ぶらり平蔵《へいぞう》
決定版⑱雲霧成敗

2023年12月25日　初版発行

【著 者】
吉岡道夫《よしおかみちお》

【発行者】
佐藤広野

【発 行】
株式会社コスミック出版
〒154-0002 東京都世田谷区下馬6-15-4
代表　TEL.03(5432)7081
営業　TEL.03(5432)7084
FAX.03(5432)7088
編集　TEL.03(5432)7086
FAX.03(5432)7090

【ホームページ】
https://www.cosmicpub.com/

【振替口座】
00110-8-611382

【印刷／製本】
中央精版印刷株式会社

乱丁・落丁本は、小社へ直接お送り下さい。郵送料小社負担にて
お取り替え致します。定価はカバーに表示してあります。

ISBN978-4-7747-6520-4 C0193